Elena Sartorius

Une baie tranquille à Porto Rico

Margarita

© 2020, Elena Sartorius
Illustration et graphisme couverture : © Nedinia Waiba
Première édition, septembre 2020
Seconde édition, avril 2021

ISBN : 978-1-7352861-5-0
Imprimé à Porto Rico

Ce livre est une œuvre de fiction, mais les histoires qui y sont racontées sont réelles.

« Si je prends les ailes de l'aurore,
Et que j'aille habiter à l'extrémité de la mer,
Là aussi ta main me conduira»

Psaume 139:9-10

Chapitre 1

Grand-mère n'est pas d'accord, mais moi, je suis persuadée qu'il y a plus de bonnes personnes sur terre que de salauds.

«Ah bon?elle m'a demandé.

—Oui, je lui ai dit. La semaine dernière, trois personnes se sont levées pour me laisser leur place sur un banc.»

Grand-mère n'a pas été impressionnée:

«Ça ne veut rien dire!»

Et elle a continué à filtrer son café, le regard dans le vide, comme si elle s'était soudain déconnectée du monde. Grand-mère, elle en a vu d'autres, mais moi, je suis sûre. Il n'y avait que quatre personnes sur la plage, qui regardaient des poissons argentés s'ébrouer à la surface. Trois d'entre elles se sont levées dès qu'elles ont vu mes béquilles. Trois sur quatre, soixante-quinze pour cent, c'est une belle majorité.

«Ah bon? À quoi tu vois ça?»

Grand-mère s'est retournée. Elle réagit souvent avec un temps de retard, et depuis quelque temps, elle commence à répéter les choses. Je lui donne parfois la même réponse, parfois non. L'important, c'est de ne jamais perdre patience. Elle n'y peut rien, Grand-mère, si elle ne se souvient plus.

Je lui ai donné un autre exemple:

«Quand je suis rentrée hier soir, une inconnue m'a demandé si elle pouvait faire quelque chose pour moi. Je lui ai dit que ça irait, mais comme elle voulait absolument m'aider, elle a sorti son portable et a éclairé les marches de l'escalier pour que je ne tombe pas dans l'obscurité. Ça m'a vraiment touchée, tu sais.

—Et qu'est-ce que tu faisais sur la plage, avec ta jambe foutue?»

Je crois que Grand-mère, *Abou* pour ses petits-enfants, n'a pas la même notion du temps que nous, elle voit les choses dans le désordre. Ça lui est complètement égal ce qui vient avant ou après, si cela s'est passé hier, ce matin, ou il y a cinquante ans.

«Je rentrais de la clinique, je lui ai répondu, le médecin m'a dit que je devais me tenir tranquille pendant deux mois. Tu te rends compte, Abou, deux mois sans randonnées, sans balades au bord de l'eau, sans voyages, cloîtrée à la maison! Du coup, j'ai demandé au taxi de me déposer à la plage. Après, j'ai sautillé sur ma jambe valide, avec l'aide des béquilles, jusqu'ici.»

Abou, elle me connaît. Elle n'a rien dit. De toute façon, ça ne servirait à rien. Elle est allée vers le frigidaire, puis m'a tendu un verre de jus de carambole. C'est elle qui le prépare, avec les caramboles du voisin. Elle sait que je ne bois jamais de café. Une aberration ici, dans la Caraïbe, je dois tout le temps trouver des excuses. Mais parfois, il m'arrive quand même d'en accepter une tasse. Comme en Haïti, récemment. Il ne me serait pas venu à l'idée de refuser une tasse de café offerte en Haïti! Même si je n'en bois pas, j'adore quand on le prépare, ça sent tellement bon. Mais moi, ce que j'aime, c'est la glace au café. Sinon, c'est trop amer. Et puis, la glace au café ne provoque pas de dépendance. Enfin, je crois.

«Qu'est-ce que tu vas faire?»

Elle a parfois de drôles de questions, Grand-mère. Comme si j'avais eu le temps d'y penser. Je viens à peine de prendre conscience de ce que je ne peux plus faire. Une demi-seconde d'inattention, le bord de l'estrade trop proche, et *zaf!* la chute. Juste pendant une conférence que j'avais organisée à Genève, devant soixante-dix psychiatres, des experts mondiaux. Quel spectacle je leur ai offert ce jour-là!

Depuis, le monde a complètement changé de dimension. D'une part, il est devenu trop grand: toutes les distances se sont allongées à l'infini, comme si je le regardais à présent par le grand bout de la lorgnette. Tout me paraît si lointain, si difficile à atteindre, avec mon nouveau pas d'escargot boiteux! D'autre part, mon espace s'est réduit comme peau de chagrin: ma chambre, la cuisine, le salon, la salle de bains. Rien que des cubes et des murs. L'immobilité est tombée entre le monde extérieur et moi comme une guillotine. Heureusement qu'il y a les fenêtres! Celle du salon donne sur la baie.

«Qu'est-ce que tu vas faire?»

Grand-mère pose la même question, sur le même ton.

«Je sais pas encore, Abou, je dois réfléchir.»

Chapitre 2

Mon premier souci, c'est: comment je vais gagner ma vie si je ne peux pas sortir de chez moi? Pas de travail, pas de nouveau contrat à l'horizon. Et essaie de convaincre qui que ce soit que tu es la meilleure avec un plâtre et des béquilles!

Grand-mère pense que le travail, il faudrait qu'il y en ait pour tout le monde. Elle pense que les gouvernements se trompent, qu'il faut créer plus d'emplois pour les gens, pas leur enlever leur emploi.

«Ils construisent plein de robots et des voitures sans conducteur, elle dit, mais ce n'est pas de ça qu'on a le plus besoin. Il y en a qui crèvent de ne pas avoir de travail, et d'autres qui se suicident parce qu'ils en ont trop!»

Grand-mère, elle n'aime pas du tout l'idée de véhicules sans conducteur. Dans les bus, elle aime dire «bonjour» au chauffeur en montant, et «au revoir» en descendant.

«Ne te fais pas avoir, elle me dit, ils veulent te faire croire qu'un monde de robots et de voitures sans conducteur, c'est mieux. Mais ce n'est pas vrai, c'est juste qu'ils ne veulent pas payer des salaires et des charges. Les personnes comme toi et moi, ils n'en ont rien à faire, ils essaient de vendre tout ça juste pour gagner plus d'argent.»

Pour moi, qui vis de contrats temporaires, le travail, gagner ma vie, c'est toujours compliqué. C'est comme devoir chaque fois entrer dans un château fort. Tu attends de recevoir l'invitation, tu sors tes beaux habits, le pont-levis descend, il y a des tas de bonnes choses à manger, tu vis la vie de château. Puis ton contrat s'achève. Du jour au lendemain, tu te retrouves hors de la forteresse, les lourdes portes sont closes, le pont-levis est levé, les gardes à l'entrée te barrent le passage. Tu redeviens manant.

Certains ne comprennent pas comment je supporte ça, de passer en permanence de la vie de château à la vie de manant. Moi non plus. Alterner des périodes fastes et des périodes de totale incertitude. Parfois, j'exulte, parfois, je n'en mène pas large. Mais c'est comme ça, je ne peux pas faire autrement. M'enfermer dans le château serait comme être condamnée à la prison à vie. Manant, ce n'est jamais facile, mais je me sens plus libre. Même si la réalité finit toujours par me rattraper.

Quand ça me monte à la tête, comme en ce moment, j'écoute des histoires.

«Abou, raconte-moi de nouveau comment tu as vu la tortue!»

Grand-mère, elle a vu pondre une tortue à écailles sur la plage il y a quelques jours. Ça faisait trente ans que ça n'était pas arrivé. Il en vient tous les ans dans la région, mais pas sur notre plage. La faute aux cabanes, il y a trop de monde le week-end, les tortues n'aiment pas ça, elles ont besoin de calme. C'est pour ça qu'elles viennent la nuit, en catimini.

Mais depuis l'ouragan, les cabanes ont fermé, elles sont en piteux état, le gouvernement n'a pas d'argent pour les réparer. L'ouragan a été terrible, il a détruit tant de maisons, d'arbres, de vies. On n'avait plus assez à manger, plus d'eau, plus d'électricité. Ici, on a retrouvé plusieurs voiliers échoués sur la plage. Personne n'est venu les réclamer, l'amende aurait été trop salée. Il faut être vraiment irresponsable pour laisser un voilier dans la baie lors d'un ouragan! Les vrais hommes de la mer savent ça.

Il y a un monsieur très pauvre qui vit dans la baie sur son bateau délabré. Tout seul, il a ramené son embarcation sur la terre ferme avant la tempête, et l'a cachée dans la mangrove. C'est sa seule demeure, et il sait de quoi les ouragans sont capables. Son bateau n'a rien eu. Les riches propriétaires, ils s'en fichent si leurs voiliers s'échouent sur la plage, ils les oublient et en rachètent un nouveau ailleurs.

Les artistes du coin ont peint en silence des squelettes de baleine et des poissons morts sur la coque des bateaux échoués. Je ne sais pas ce qu'on en a fait, mais les voiliers ne sont plus là maintenant. Elles étaient belles, les peintures, j'aurais bien aimé qu'on les mette dans un musée, pour qu'on n'oublie pas. Elles me manquent, pas comme les vacanciers dans les cabanes. L'eau de la plage est si transparente depuis qu'ils ne viennent plus! La plupart des habitants du village pensent comme moi.

Abou a fait une belle rencontre ce soir-là. Elle adore la raconter:

«Je me promenais sur la plage, il devait être dix-neuf heures, la nuit venait de tomber. C'est le plus beau moment sur la baie, le plus tranquille, quand il n'y a plus personne, juste toi, la nuit et la mer, juste avant qu'il ne fasse trop noir. Soudain, j'ai vu une pierre rouler sur le sable, devant moi.»

Grand-mère fait une pause, toujours au même endroit, pour l'effet de surprise. Elle verse une cuillerée de crème dans son café et tourne la cuillère lentement dans la tasse. Je crois un instant qu'elle va dessiner des fleurs avec la crème, comme les meilleurs baristas de l'île. Mais elle reprend son histoire:

«J'ai continué de marcher, mais la pierre m'a paru sacrément grande, alors je me suis approchée. Ce n'était pas une pierre, mais une tortue. Une tortue à écailles. Celles dont on a fait tellement de lunettes et de soupes qu'elles ont failli disparaître. Elle venait de pondre ses œufs et s'en retournait à la mer. Je lui ai dit bonsoir, me suis assise et l'ai regardée s'en aller.»

Grand-mère a alors appelé les garde-côtes, qui ont alerté le groupe de protection des tortues. Des gens du coin. Le lendemain matin, on a cerclé le nid avec des piolets et du ruban orange, pour que personne ne dérange les œufs. Dans deux mois, on devrait voir les bébés tortues sortir du nid et entreprendre leur course folle vers l'eau, attirés par la blancheur de l'écume. Sur notre plage! Je n'arrive pas à y croire.

Cette victoire inattendue de la nature, quand tout semble aller contre elle, c'est du baume au cœur. Surtout pour moi, surtout cette année, où j'ai vécu tellement d'échecs! La chute de la semaine dernière n'est que le dernier d'une longue liste. Je me demande d'ailleurs ce que signifient tous ces ratages. Je ne peux pas m'empêcher de chercher un sens à tout, de tout vouloir comprendre, de tout analyser. C'est presque une maladie. Tous ces échecs, veulent-ils dire que le bonheur n'est pas pour moi? Que je dois me contenter des tuiles, de la précarité? Que je fais fausse route? Ou est-ce que justement, ils indiquent que je suis sur le bon chemin, le plus difficile, celui qui est bordé d'épines?

Depuis quelque temps, où que j'aille, il se passe quelque chose de catastrophique. J'en suis déjà à trois ouragans, un tremblement de terre, deux accidents, il ne manquait plus qu'une épidémie! Est-ce seulement à moi que ça arrive, un tel amoncellement de calamités, ou à tout le monde? C'est ça, être maudit? Ou s'agit-il seulement d'un arrêt sur image au pire moment du film?

Bien sûr que je commets des erreurs. Ce n'est pas que je ne m'en rende pas compte. Mais je m'en aperçois souvent trop tard. Parfois des mois ou des années après, quand il est trop tard pour changer le cours des choses. La honte, quand tu prends conscience, après des mois ou des années, que tu as fait une connerie et que pendant tout ce temps, tu es passée pour une imbécile aux yeux de quelqu'un! Et tu ne peux même pas revenir en arrière! Parce que si tu recontactes la personne pour lui dire que tu es désolée, que tu es consciente de ta bêtise, alors que l'autre a déjà oublié qui tu étais, ce n'est plus pour une imbécile que tu passes, mais pour une folle! Tu passes pour une folle et ça ne t'empêche même pas de refaire une bourde, par la suite.

Alors je ne dis rien. J'écris dans ma tête des lettres et des e-mails que je n'enverrai jamais. J'imagine des coups de fil que je ne donnerai pas. Je demande pardon à l'intérieur de moi. J'imagine une prière. apprise ou spontanée, là n'est pas l'important. L'important, c'est d'avoir compris, même si l'autre ne le sait pas. Il y a toujours quelque chose de ta prière qui passera, qui sera captée d'une manière ou d'une autre.

Chapitre 3

Grand-mère, elle ne croit pas trop à la religion. Pourtant, elle a des origines chrétiennes, juives et zoroastriennes. Elle a même eu un mari bouddhiste! Elle s'est mariée dans un *gompa*, un temple tibétain dans l'Himalaya. Quand on lui demande pourquoi elle est allée chercher un mari du côté du Kangchenjunga, elle dit qu'elle n'en avait pas trouvé un qui en vaille la peine plus près de chez elle.

Grand-mère pense que la religion c'est une autre façon de gouverner.

«Les prêtres, ils ont inventé l'histoire d'Adam et Ève, de la pomme et du serpent, parce qu'ils voulaient garder le savoir, et donc le pouvoir, pour eux tout seuls.

— Mais non, Abou, c'est parce qu'ils étaient lucides. Tu as bien vu, quand on laisse trop de pouvoir entre les mains des humains, ils détruisent tout ! Et les puissants, ceux qui nous gouvernent, ont si peu de sagesse qu'ils ne nous laissent que des miettes pendant qu'eux s'empiffrent en cachette. Mais moi, je veux quand-même croire au paradis. Ce serait vraiment triste, un monde sans paradis ! »

Même si elle se méfie parfois de la religion, ou plutôt des humains qui cherchent à tromper les autres sous couvert de religion, Abou conserve une petite sculpture de la Vierge sur sa table de nuit. Il s'agit simplement de la silhouette stylisée de la Vierge en bois d'olivier, qui tient l'Enfant emmailloté dans les bras. Elle l'a rapportée de Palestine, elle y tient beaucoup.

«Tant qu'il y a des gens pour croire à la paix, elle dit, il y a de l'espoir.»

Je n'en suis pas sûre, mais je crois avoir entendu Grand-mère prier dans sa chambre en cachette.

Moi, je ne comprends pas comment certaines personnes pensent encore que les guerres peuvent résoudre les problèmes. La guerre, la politique, c'est kif-kif bourricot. C'est un pour toi, un pour moi, et les autres, ils n'ont qu'à se débrouiller. Tant pis si on n'a rien appris depuis que l'*Homo* soi-disant *sapiens* est apparu, il y a deux cent mille ans. Il y en aura toujours pour suivre un petit chef dans l'espoir de grappiller quelque chose dans son sillage.

Grand-mère, elle était féministe. Mais maintenant elle n'est plus sûre, elle dit que les femmes sont en train de devenir aussi stupides que les hommes.

«C'est bien qu'elles ne puissent plus se faire peloter ou violer sans rien dire. Mais tu te rends compte, on en voit plein qui veulent faire l'armée! Alors que c'est justement parce que les hommes se faisaient massacrer à la guerre que nous, les femmes, on a enfin pu commencer à vivre!»

Grand-mère, elle dit ça, mais moi, je sais qu'elle admire les femmes fortes et courageuses. Simplement, elle pense que le progrès, c'est quand les hommes déposent les armes, pas quand les femmes les prennent.

«Tu imagines, elle dit, si au lieu d'envoyer tous ces jeunes militaires dans le désert pour faire la guerre, on leur demandait d'aider les civils sur place à construire des écoles, à créer des oasis, des jardins potagers, des trucs utiles? Tu ne crois pas que la population aurait envie de leur faire confiance plutôt que de se battre contre eux? Tu crois qu'ils sont dupes, ou qu'ils savent que leurs gouvernements, tout ce qu'ils veulent, c'est défendre les lieux sacrés du pétrole?»

Grand-mère, elle n'a jamais vécu la guerre. Mais son père en a connu deux. Après, il mangeait à peine, parce qu'à part les poésies qui lui avaient sauvé la vie et qu'il n'avait jamais oubliées, tout ce qu'il avait appris pendant la guerre, c'était à avoir faim.

Elle ne l'a pas vécue, mais la guerre lui a envoyé un cadeau, à Grand-mère. Un jour, elle a reçu une lettre qu'elle n'attendait pas. Une enveloppe arrivée toute chiffonnée dans sa boîte aux lettres. Le timbre sur l'enveloppe disait qu'elle venait du Liban. Grand-mère a été très étonnée, parce qu'elle savait que le Liban était en guerre. Elle ne pensait pas que l'on pouvait recevoir une lettre d'un pays en guerre. À l'intérieur, elle a trouvé un message, rédigé sur un papier tout chiffonné lui aussi. Un message pour lui dire merci. Dans l'enveloppe, il y avait encore un collier, un collier qui sentait très bon, même s'il avait traversé la guerre. Un collier constitué de toutes petites boules en bois de santal.

Ce présent l'a fait sourire. C'était un beau message, et un beau cadeau.

«Quand tu voyages, il peut arriver des choses inimaginables, à tel point que parfois, tu ne t'en rends même pas compte.»

J'ai voulu en savoir plus.

«C'était pendant un long séjour en Inde, bien avant que je rencontre Grand-père. J'avais parcouru tout le pays, en train, en bus, à pied, en chameau. Puis je suis revenue à la capitale. Il faisait nuit, je n'avais pratiquement plus d'argent. J'ai cherché un endroit où dormir, mais tous les lieux bon marché étaient pleins. On me renvoyait de partout, alors je ne savais plus où aller. Je suis restée là, devant la petite cabane qui servait de réception à une sorte de camp. Je ne voulais pas faire un pas de plus dans la nuit. J'avais juste envie de pleurer.»

J'ai pris la main de Grand-mère dans la mienne. Je n'aime pas quand elle est triste. J'aurais aimé être avec elle à ce moment-là pour la consoler.

«Soudain, quatre jeunes hommes sont arrivés, ils devaient avoir vingt-quatre, vingt-cinq ans. Moi, j'avais à peine fini le lycée. Ils sont venus prendre la clé de leurs chambres à la réception. Je me disais qu'ils avaient vraiment de la chance d'avoir un endroit où dormir. Ils m'ont vue pleurer, alors ils m'ont prise par le bras et m'ont proposé de venir avec eux. J'étais morte de peur, mais je les ai suivis. Je n'avais plus la force d'aller ailleurs.

» Ce n'étaient pas vraiment des chambres, plutôt des petits "lodges" en bois. On s'est tous assis sur les lits dans un des lodges, ils m'ont raconté qu'ils venaient du Liban. On a parlé longtemps, mais je ne me souviens absolument plus de quoi. L'un après l'autre, ils se sont retirés. Il n'en est plus resté qu'un, on a encore bavardé. Il était gentil, pour autant, je ne désirais pas me retrouver seule avec lui pour la nuit! Mais j'avais eu peur pour rien, il s'est comporté en gentleman. Il m'a laissé sa clé et son lodge, et il est parti dormir avec un de ses amis. Avant de sortir, il m'a demandé de remettre la clé à la réception le lendemain. Je ne l'ai plus revu.»

Ce n'est que bien plus tard que Grand-mère a reçu sa lettre. Il lui disait, entre autres: «Merci pour tes mots.» Grand-mère a été si surprise, et très touchée. «Je n'ai aucun souvenir de ce que j'ai dit ce soir-là, et je n'aurais jamais imaginé que mes mots feraient du bien à quelqu'un vivant dans un pays en guerre!» La guerre au Liban a duré quinze ans, elle a fait cent cinquante mille victimes civiles. Grand-mère a reçu, à travers cette guerre, une lettre toute froissée qui lui disait merci, avec un collier en bois de santal qui sentait bon. La guerre s'est terminée quelques années plus tard. Elle ne croit pas trop en la religion, Abou, mais elle croit dans les miracles et la poésie.

Chapitre 4

Moi non plus, je n'ai pas connu de guerre. Mais j'ai vécu un paquet de défaites, et très peu de victoires. Pourtant, malgré tous les fiascos, je ne m'avoue pas vaincue. Ou alors, pas longtemps. Je n'y peux rien, j'ai beau essayer, je n'arrive juste pas à perdre totalement espoir, même quand je suis dans la mouise jusqu'au cou.

Certains attendent qu'on leur dise qu'ils n'ont plus que six mois à vivre pour commencer à faire ce dont ils ont toujours rêvé. Moi, j'ai décidé d'accomplir mes rêves avant même d'être née. J'étais même tellement pressée de les vivre que j'ai tout fait pour hâter l'accouchement. Je suis née avec un mois d'avance. Je ne voulais pas perdre de temps.

À cinq ans, j'ai eu envie de parcourir le monde avec un baluchon. Le goût du voyage, dans ma famille, on l'a dans le sang. Mais je ne savais pas que c'était interdit, à cet âge-là. Alors j'ai dû patienter, mais j'ai commencé à tout préparer en cachette. Je voulais marcher dans les pas de Grand-mère, traverser des déserts, me rendre en Inde, en Chine, au Népal. J'ai lu Marco Polo, Alexandra David-Néel, Ella Maillart, et aussi tout un tas d'auteurs moins connus qui ont fait la traversée de l'Asie avec leur sac à dos, à pied, à bicyclette, ou en fauteuil roulant.

Un jour, j'ai demandé à Grand-mère:
«Abou, quel est le plus beau pays que tu aies visité?»
Sans hésiter, elle m'a répondu:
«Le Népal.»
Alors, quand je suis devenue assez grande, je suis allée au Népal. Je n'ai pas pu traverser les déserts, ça bardait trop sur le terrain, alors j'ai pris l'avion. Enfin, pas jusqu'au bout. Je me suis arrêtée à New Delhi, d'où j'ai voyagé jusqu'au Népal en train et en bus. Je cherchais quelque chose dans les endroits sacrés, mais, à l'époque, je ne savais pas quoi.

J'ai respiré une dernière fois l'air du lieu, puis j'ai traversé la frontière en bus. Elle avait raison, Abou, le Népal, c'est vraiment beau. Mais pas aussi beau que quand elle y est allée. Elle m'a raconté que dans la vallée de Katmandou, elle circulait partout à bicyclette. Elle pouvait s'isoler au Népal et s'évader loin de tout. Elle n'aurait jamais imaginé qu'un jour il y aurait des bouchons au sommet de l'Everest !

Les humains, je ne comprends pas pourquoi ils ne peuvent pas s'empêcher de détruire ce qui est beau. Grand-mère dit qu'au moins, les hippies, ils avaient du goût. Ils savaient repérer de beaux coins, comme Katmandou, ou Kaboul. Malheureusement, c'étaient aussi les endroits les plus pauvres, parce que si les hippies avaient du goût, ils ne possédaient pas un rond, à part pour la drogue.

«Là où il y a eu des hippies, tu peux être sûre qu'après, il y a eu des conflits, des guerres.»
Grand-mère, elle a sa théorie:
«Quand une grande puissance veut semer la merde, c'est plus facile de recruter des pauvres pour faire le sale boulot!»

Moi je pense plutôt que suivre le chemin de la drogue ne mène à rien de bon.

Grand-mère et moi, on s'est assises sur le balcon, face à la baie. Ce qui est merveilleux avec la mer, c'est que tu peux la regarder mille fois, elle n'est jamais la même. Toujours, quelque chose aura changé: les nuances de bleu, de vert, de rose ou de gris; la lumière entre les nuages; les dessins des vagues qui s'échouent sur le sable. Abou et moi, nous aimons venir sur le balcon le matin ou après la tombée de la nuit. Entre deux, soit il fait trop chaud, soit il y a trop de moustiques.

«Abou, tu crois qu'on parcourt la planète à la recherche de sensations, ou seulement pour fuir le monde?

— Ça dépend, il peut exister des tas d'autres raisons : la curiosité, l'appétit des belles choses, la soif de rencontres intéressantes. Aujourd'hui je m'emmêle les pinceaux avec les jours, les heures et les années, mais avant, le voyage était une formidable machine pour se déplacer dans le temps !

—Abou, tu sais combien j'adore voyager, mais la vérité, c'est que j'aime aussi rentrer ici. C'est comme revenir à la simplicité de l'enfance. Il n'y a pas grand-chose à voir à part la mer, mais j'ai l'impression de me délester de tous les poids inutiles. Finalement, il peut y avoir beaucoup de douceur à rester chez soi!»

Grand-mère a éclaté de rire.

«Moi aussi, j'hésite parfois entre la tranquillité du désert et un morceau de brie de chèvre! Tu sais, j'ai beaucoup bourlingué. Parfois, j'éprouvais comme un appel intérieur, une force irrépressible. Parfois, je partais juste pour ne plus avoir à lire les journaux.»

Grand-mère s'est tue. Elle a baissé les yeux. Moi, j'ai respecté sa pudeur. J'ai regardé la baie qui, à cette heure-ci, n'avait pas encore pris sa teinte turquoise du milieu de journée. Le silence a été interrompu par le chant mélodieux du *turpial* – en français, «oriole troupiale» –, un oiseau qui vient du Venezuela. Les peuples autochtones utilisaient son plumage jaune-orangé pour leurs parures. Il y a un couple de *turpials* qui niche dans un arbre devant chez nous. Il n'est pas facile de les voir, car ils se montrent très méfiants, ils s'éloignent dès qu'ils sentent qu'on les a repérés.

Grand-mère a continué, sans relever la tête:

«Tu as ceux qui vivent l'histoire et ceux qui la fuient. Moi, je l'ai fuie parfois. Il y a des moments où je ne supporte pas l'histoire des êtres humains.»

Chapitre 5

Je ne sais pas s'il fuyait quelque chose, mais l'arrière-grand-père de Grand-mère est arrivé à Porto Rico[1] en 1885, depuis les îles Baléares, encouragé par son frère qui avait fait le voyage trois ans auparavant et travaillait dans une plantation de café, dans les montagnes du centre. Il devait s'agir d'un sacré voyage, à l'époque, la traversée de l'Atlantique, puis des montagnes!

José (c'est le nom de mon arrière-arrière-arrière-grand-père) aimait trop la mer pour s'en éloigner, alors il est resté dans la ville de la côte nord où il a débarqué. Il a rencontré sa future femme, et il l'a épousée en 1898, au beau milieu de la guerre hispano-américaine. Une belle déclarationd'amour! Cette année-là, l'Espagne a dû céder Porto Rico et Cuba aux Américains. Cuba a fini par devenir indépendante, mais Porto Rico est restée entre les mains des Américains.

José était commerçant, mais il a dû faire un peu de tout pour survivre. Il a même participé à la construction de la voie ferrée. Finalement, il s'en est bien sorti.

Grand-mère se souvient encore des trains qui passaient près de chez elle, avec leurs passagers et la

---

1   Le monde francophone connaît l'île de Porto Rico par cette appellation, d'origine portugaise, mais c'est le nom espagnol Puerto Rico qui est en usage sur l'île.

canne à sucre. Elle était toute petite, mais elle courait avec ses frères derrière le train pour essayer de grimper sur le marchepied du dernier wagon, ou ramasser les morceaux de canne qui tombaient. Ils la mâchaient et en suçaient le jus, c'étaient les bonbons de l'époque!

Avant, la voie ferrée faisait le tour de l'île. Malheureusement, elle a été complètement démantelée dans les années 1950 par les Américains, qui voulaient développer leur industrie automobile. Maintenant, n'y a plus que des routes à Porto Rico, tout le monde est obligé de prendre la voiture, parce que les transports publics sont pratiquement inexistants. Il reste toutefois quelques tunnels de l'ancien réseau ferroviaire, qui disparaissent sous les lianes. Il y en a un pas loin d'ici, on peut encore y lire la date: 1908. La voie ferrée passait juste devant chez nous, elle menait à la plage.

Mateo, le frère de José, a préféré la fraîcheur de la cordillère à la côte Atlantique. Il a aussi trouvé une épouse, mais a eu moins de chance. Comme il avait un peu le mal du pays, il a laissé sa femme et son fils en bas âge et s'est embarqué pour Majorque, afin de rendre visite à ses parents. Il n'est jamais arrivé à destination, ni n'est jamais revenu à Porto Rico. Il a été tué en pleine mer, les documents du décès disent: «Frappé par un objet lourd.» On ne saura jamais vraiment ce qui s'est passé sur le bateau ce jour-là. Quand sa femme a reçu la nouvelle de sa mort, en plein désespoir, elle a pris son enfant dans ses bras et a mis le feu à la maison, avec eux deux à l'intérieur. Heureusement, ils ont pu être sauvés à temps par les voisins.

Grand-mère dit que si les Portoricains aiment tellement les télénovelas, c'est parce qu'elles racontent leur histoire.

Chapitre 6

Abou, elle préfère observer la baie et écouter les oiseaux que regarder la télévision, même si elle l'allume de temps en temps. Le voisin, lui, est toujours en guerre contre les oiseaux, parce qu'il ne supporte pas quand ils font sur son balcon. Il a tendu du fil de pêche au-dessus de sa balustrade, pour qu'ils ne s'y posent pas. Il n'arrête pas de dire à Grand-mère qu'il va venir mettre du fil sur son balcon aussi. Mais Grand-mère lui dit chaque fois qu'elle n'en veut pas, de son fil, que les oiseaux font partie du paysage. Ça ne l'a jamais dérangée, de passer la serpillière sur le balcon. Ce qui la dérangerait, c'est de ne plus entendre chanter les oiseaux.

Grand-mère aime la nature. Elle ne dit rien, même quand les oiseaux mangent ses fraises. Elle pense qu'il faut partager. Elle dit que si un oiseau vient se poser sur ton balcon, c'est bon signe, comme une bénédiction. Les animaux sont méfiants, alors, quand ils viennent chez toi, cela veut dire qu'ils n'ont pas peur, qu'ils te prennent pour un ami. Ceux qu'elle ne supporte pas, ce ne sont pas les oiseaux qui font leurs besoins sur son balcon, mais ceux qui détruisent la nature et les animaux. Malheureusement, il s'agit d'une lutte inégale. Parce que ceux qui détruisent sont prêts à tout, même à tuer, pour avoir le droit de détruire.

«Tuer, c'est facile, dit Abou, et pas seulement tuer les défenseurs de l'environnement. C'est pour ça que les violences et la haine s'étendent partout. Par exemple, on tue les maires qui veulent accueillir des personnes venant d'autres pays, ceux qu'on appelle "migrants" pour ne pas leur donner de prénom, parce qu'alors il est plus facile de les faire détester. Personne n'est accusé, sauf ceux qui essaient d'aider ces voyageurs du désespoir. Du coup, un autre maire est assassiné. C'est comme pour l'extrémisme religieux, ils tuent les chefs religieux tolérants pour les remplacer par d'autres qui prêchent la haine.»

Grand-mère, ça la rend malade à l'intérieur. Elle dit que ceux qui ont du cœur, ils ne tuent pas, et de ce fait se trouvent en position de faiblesse. Et s'ils tuent, alors c'est qu'ils n'ont plus de cœur.

C'est pour les mêmes raisons qu'Abou n'aime pas trop les révolutions.

«Les révolutions font trop de morts. Elles partent souvent d'un bon sentiment, elle dit, mais généralement ça ne dure pas longtemps. Après, tout redevient comme avant, mais dans l'autre sens. Une fois que les pauvres sont devenus riches et ont du pouvoir, ils deviennent pareils que les riches.»

Elle a peut-être raison, Grand-mère. En France, aux États-Unis, en Russie, en Chine, il y a eu des révolutions, pourtant aujourd'hui, on constate toujours les mêmes injustices. C'est même encore pire: certains affirment qu'à l'époque des pharaons d'Égypte, les inégalités n'étaient pas aussi marquées.

Abou, elle est allée à Cuba. Elle dit que là-bas, c'est pareil.

«Fidel et les autres étaient de vrais révolutionnaires, ils ont vécu à la dure. Mais parmi leurs enfants, il y en a qui habitent des villas avec piscine, et qui boivent des vins européens. Ceux qui ont fait la révolution leur demandent d'éviter l'ostentation, mais eux s'en fichent pas mal de ce que disent leurs parents et de la révolution!»

Grand-mère raconte que quand elle était petite, ils n'avaient pas l'eau courante ou l'électricité chez elle, mais que ça ne l'a pas empêchée d'avoir une enfance heureuse.

«Mes parents possédaient une vache, un jardin potager. On n'avait pas beaucoup, mais on n'a jamais manqué de rien. On prenait la douche sous la pluie. Aujourd'hui, les gens ont des maisons plus grandes, des voitures, des salles de bains, des téléphones portables. Mais leur vie culturelle ou spirituelle, c'est le désert! À ce niveau, il n'y a eu aucune amélioration.»

Grand-mère n'échangerait sa baie contre rien au monde. Les habitants de la capitale pensent qu'ici, c'est arriéré, parce qu'il n'y a rien à part la mer. Ils passent le week-end à la plage, mais ils sont contents de retourner à la grande ville.

«Ils disent "retourner à la civilisation", tu te rends compte! Ils se croient encore au temps de Christophe Colomb!»

Abou vit dans le sud-ouest de l'île, parce qu'elle aime la tranquillité, mais dans la ville du Nord où son arrière-grand-père avait débarqué, ils ont installé une statue gigantesque, on l'appelle «la statue de Colomb». Elle est affreuse. Tellement affreuse qu'au départ, personne n'en voulait. Elle est l'œuvre d'un sculpteur russe, ou géorgien, qui voulait la fourguer aux États-Unis pour les cinq cents ans de l'arrivée de Colomb aux Amériques. Mais les Américains n'en ont pas voulu, plusieurs villes l'ont refusée, dont New York.

On n'a jamais compris pourquoi Porto Rico l'avait acceptée. Le gouverneur a payé plus de deux millions de dollars pour la faire apporter sur l'île, en pièces détachées.

Une fois sur place, ils n'ont pas su où la mettre. Il semble que plusieurs maires se soient refilé la patate chaude. Cela a pris quinze ans, jusqu'à ce que finalement, une ville du Nord décide de l'adopter. Le maire a prétendu qu'elle serait bénéfique pour le tourisme. Il y a eu de nombreuses manifestations, entre autres de mouvements indigènes, ils ont quand même fini par monter la statue. Elle est énorme, on la voit de très loin. Je ne sais pas si c'est bon pour le tourisme, mais Grand-mère, elle a une autre histoire.

Avant d'arriver à la statue s'étire une route qui mène au vieux phare. Les gens du coin lui ont raconté qu'il n'y a pas si longtemps, chaque fois que le vieux phare s'allumait, on savait qu'aurait lieu un arrivage très spécial sur la côte cette nuit-là. Entre eux, ils disaient que «le loup» allait venir. Le *«loup»*, c'était un bateau chargé de drogue. Les autorités étaient toutes dans le coup: le maire, la police, les garde-côtes.

Grand-mère ne sait pas s'il s'agit d'un hasard, mais depuis que la statue de Colomb est là, le vieux phare ne s'allume plus et le trafic de drogue s'est déplacé du côté de la statue.

Chapitre 7

Moi, ça fait une semaine que je suis en arrêt à la maison, à cause de mon accident. Ça ne m'était jamais arrivé. Avant, je trouvais toujours une raison ou un moyen de m'échapper. Là, je ne sais pas pourquoi, je n'ai même pas essayé de lutter. Grand-mère me dit que c'est peut-être dû à l'âge, que je mûris. Quelquefois, il s'agit seulement de savoir accepter les leçons que la vie nous présente.

Je ne sais pas ce qui est le plus dur. La sensation de coupure avec le monde ou le fait de ne plus arriver à imaginer le futur. Parce qu'un accident, ça change complètement la donne. J'en profite quand même pour lire tout ce qui me passe sous la main et regarder beaucoup de films, parfois aussi pour écrire, mais je ne cesse de me remettre en question. Est-ce égoïste de passer son temps à lire, à écrire, et à regarder des films?

Je ne peux plus faire de sport. Comme l'activité physique était mon antidote contre la déprime, parfois, je déprime. Quand je déprime, je pleure. Après, ça va mieux. Ou bien j'écris, et je chante. Chanter, ça fait du bien. J'ai aussi trouvé un truc : faire de l'exercice en miniature. Comme je ne peux pas envisager grand-chose avec ma jambe, je fais des exercices avec mes doigts de pied. Je m'exerce sur une jambe, celle qui va bien, mais je ne suis pas sûre qu'au final, ça me fasse retrouver l'équilibre.

J'aimais beaucoup nager, mais là, je ne peux pas. De temps en temps, j'aimerais bien, surtout quand il fait très chaud. Je n'aime pas l'air conditionné, j'ai l'impression que ce froid artificiel me transperce les os. En plus, l'appareil fait un boucan infernal et il paraît que c'est vraiment mauvais pour l'environnement. Je préfère les bons vieux ventilateurs. Quand il fait vraiment trop chaud, je pose un linge mouillé sur ma nuque, parfois avec des glaçons. Le linge avec les glaçons, ça marche aussi pour les maux de tête. Je l'applique sur la nuque, le front, les tempes. Ça soulage presque autant que le paracétamol.

Grand-mère connaît tout un tas de plantes aussi, qui servent de remède pour un grand nombre de problèmes. Les piqûres de moustique, la fièvre, la toux, l'ulcère à l'estomac. Elle cultive les plantes médicinales sur son balcon. Elle en a même une contre les calculs rénaux! Ici, les vieux connaissent tous les vertus des plantes. Les jeunes, ils ont oublié.

Parfois, je pense à la mort. Je n'ai pas peur de ma propre mort, seulement de celle de ceux que j'aime. Je ne voudrais pas qu'ils souffrent, ou qu'ils n'aient pas eu le temps d'accomplir tout ce qu'ils auraient voulu. Mais je suis en paix avec l'idée de la mort. Je sais que ce n'est pas la fin.

L'important, c'est ce que l'on fait de la vie que l'on a. Alors, j'essaie de donner un sens à la mienne. Pour moi, une vie avec du sens, c'est une vie où l'on cherche à créer l'harmonie, en nous-mêmes, avec les autres, avec la terre, les plantes, les animaux. Quand je ne sais pas comment faire, je demande à Dieu. C'est lui qui donne du sens à ma vie, même quand je n'y vois plus trop clair.

Quelquefois, j'exagère. Dans ces moments-là, Grand-mère se moque de moi, elle m'appelle «Mme Plus-que-parfait». Il est vrai que j'en fais trop parfois. Mais je me demande si le perfectionnisme n'est pas une autre manière d'expier sa culpabilité d'exister. C'est surtout avec moi-même que je suis exigeante. Par exemple, je n'aime pas quand la mer est polluée, ou qu'on fasse du mal aux animaux, alors je ramasse les déchets sur la plage et je donne un coup de main au groupe de protection des tortues. Mais il ne me viendrait pas à l'idée de jeter des pierres dans la vitrine d'une boucherie de quartier! Ne pas manger de viande pour ne pas faire de mal, c'est une posture élevée de l'âme. Ça vient de l'*ahimsa*, le principe de non-violence cher au Mahatma Gandhi.

Vouloir mettre fin à la maltraitance des animaux, c'est bien. Mais user de la violence contre ceux qui produisent ou mangent de la viande s'avère un non-sens total. Ceux qui agissent ainsi n'ont rien compris. En plus, l'être humain est biologiquement omnivore, il a été conçu pour manger de tout, y compris de la viande. Donc renoncer à se nourrir de viande doit rester un choix personnel. Se fâcher contre un humain parce qu'il mange de la viande, c'est aussi absurde que de vouloir obliger un lion à ne manger que de la soupe aux légumes !

Quand j'étais petite, je voulais vivre comme Robinson Crusoé. De la pêche et de l'eau des noix de coco. Alors, mon oncle m'a emmenée pêcher sur son bateau. J'ai très vite attrapé un poisson. Mais ce n'était pas ce que je croyais, j'ai éprouvé une sensation vraiment étrange en sentant vibrer cette vie qui se battait au bout de mon fil. Je n'ai pas pu. J'ai demandé à mon oncle de relâcher le poisson, ç'a été la fin de ma vie de Robinson. Aujourd'hui, quand je mange du poisson, je fais comme un de mes amis, je demande pardon à l'animal et je le remercie.

La vie, la mort, c'est plein de questions. Certains, quand ils ont des questions ou quand ça va mal, se ruent sur les horoscopes. Je ne crois pas que ce soit une bonne idée. J'avais un professeur d'arabe, il nous a raconté qu'il avait travaillé pour un magazine, où il s'occupait des horoscopes. Quand il était à court d'idées, il reprenait simplement ceux déjà publiés dans de vieux numéros. Les lecteurs n'y voyaient que du feu.

Grand-mère, elle ne lit jamais les horoscopes. Pas parce qu'elle ne croit plus en l'avenir, bien au contraire, mais parce que les horoscopes n'ont que trois mots à la bouche : argent, travail, amour. L'amour humain, romantique, celui des livres et des films, elle l'a connu. Elle pense d'ailleurs qu'il est totalement surestimé ! L'argent et le travail, ils lui ont toujours filé entre les doigts. Ça aussi, ce doit être de famille. Alors, elle s'en fiche. Grand-mère, elle dit qu'elle préfère lire des livres qui parlent de la beauté des pensées, de la beauté des gestes, et de la beauté des mots. De l'amour qui vient de plus haut.

Chapitre 8

J'aime bien celles et ceux qui aident les autres à vivre leurs rêves. Comme ce jeune homme de vingt ans sur YouTube. Une vieille dame de quatre-vingt-sept ans rêvait de revoir la mer et son amie d'enfance. Alors, il a organisé un voyage pour elle. Et il a poussé son fauteuil roulant jusqu'au bord de l'eau, elle a même pu tremper ses pieds dans la mer, sans descendre de son fauteuil. Elle a également pu revoir son amie, c'était tellement beau de les voir s'embrasser.

J'ai demandé à Abou quel serait son rêve. Elle a dit: «Ce serait de mettre tous les dirigeants corrompus dans un bateau, avec une canne à pêche et un bol en plastique pour recueillir l'eau de pluie. On les laisserait en pleine mer, avec interdiction de s'approcher à moins de deux cents mètres des côtes, sous peine de se faire tirer dessus.»

Je suis sûre que Grand-mère ne tirerait pas pour de vrai, seulement pour leur faire peur. Je me demande si le jeune Youtubeur ne pourrait pas organiser ça.

C'est vrai qu'on n'est pas gâté. Grand-mère dit qu'on n'a pas vu une telle constellation de leaders aussi affreux depuis la Seconde Guerre mondiale. Ce n'est pas parce qu'elle vit dans une baie tranquille à Porto Rico qu'elle ne se préoccupe pas de ce qui se passe dans le monde. Le mal, c'est comme une pierre qu'on jette dans l'eau, cela fait des cercles de plus en plus grands, qui finissent par atteindre les côtes, même les plus éloignées.

Grand-mère, elle souffre généralement en silence. C'est parce qu'elle souffre et qu'elle réfléchit en même temps. Elle fixe la mer et elle se tait. Mais la plupart du temps, elle essaie de rester optimiste.

«Tout passe, elle dit. Prends les Romains: à l'époque, ils pensaient que leur empire durerait toujours. Qu'est-ce qu'il en reste aujourd'hui, de leur empire? Regarde l'Italie, quel chaos! D'accord, les Romains nous ont légué de nombreuses choses, des routes, des aqueducs, du droit. Même des sénateurs! Même si je n'ai toujours pas compris à quoi ça sert, un sénateur. Tu sais, toi, à quoi ça sert un sénateur?»

Enfin, ce qu'elle veut dire, c'est que les mauvaises choses finissent bien un jour ou l'autre par disparaître.

«Même en Chine, elle dit, on ne sait pas combien de temps elle va durer, la dictature en Chine. Ils font tout pour qu'elle dure le plus longtemps possible. Mais tout passe. Simplement, parfois, ça passe très lentement, parfois il faut des siècles.»

Ici, il n'y a pas de dictature, mais cela ne veut pas dire que tout aille bien. Il y a des ouragans et des tremblements de terre. Mais eux, ils ne le font pas exprès. Les tremblements de terre se produisent parce que la Terre, elle est comme nous, elle a besoin de souffler, parfois elle subit trop de pression. Les ouragans servent à faire tomber les arbres trop vieux ou malades, ainsi la nature peut se renouveler. Ils servent aussi à refroidir l'eau de la mer, parce que si on la laisse trop chauffer, alors disparaîtront les coraux et tous les animaux de la mer qui naissent et vivent dans les récifs de corail, comme les poissons, les coquillages, les poulpes, les crabes, les oursins, les crevettes, les requins, les tortues.

Mais aussi, malheureusement, de nombreuses personnes en position d'autorité pensent que la nature est à vendre. En échange d'un petit quelque chose, ils signent des permis de construire qu'ils ne devraient pas signer. Cela fait pousser des maisons juste au bord de l'eau, qui se trouvent détruites au moment des grosses marées et des ouragans. Et après, on ne peut plus se baigner parce qu'il y a des blocs de béton et des bouts de métal tranchants sous l'eau. Ils laissent construire des casinos dans des parcs naturels, comme si un casino et un parc naturel allaient ensemble! Le pire, ce sont certains de ces nouveaux «sanctuaires» pour les animaux. Il existe de vrais sanctuaires. Mais pour d'autres, ils font croire qu'il s'agit de parcs nationaux, créés pour protéger la nature. Mais ce n'est pas vrai, ils sont conçus pour que les gens comme toi et moi n'y entrent pas, et que les riches puissent aller y chasser ou y pêcher sans qu'on les embête. Ce ne sont pas des sanctuaires, ce sont des abattoirs!

Ici, tout le monde sait ça. Mais on ne peut pas faire grand-chose. Dans certains pays, tu peux voter pour faire changer les choses. Mais ici, on hésite avant d'aller voter, parce que la politique, on n'y croit plus vraiment. La seule chose que les gens peuvent faire quand ils veulent protéger ce à quoi ils tiennent reste de sortir dans la rue et protester. Notre plage aussi, ils ont essayé de nous l'enlever. Alors, nous sommes tous sortis protester. Certains ont même campé sur la plage pendant deux ans! À la fin, les autorités ont dû renoncer à y construire leur casino.

Chapitre 9

Heureusement, il y a beaucoup de gens bien sur l'île. En fait, à part les politiciens et les trafiquants de drogue (ils sont parfois de mèche), la plupart des habitants sont réellement doux et aimables. Ce n'est peut-être pas ce qu'il y a de plus cool à une époque où on adore tout ce qui est trash, mais moi, ça me fait vraiment du bien. À Porto Rico, je n'ai pas besoin d'avoir la peau dure, je peux être moi.

Être enfermée à la maison en ce moment me semble difficile, parce que cette douceur des gens me manque. Même si j'ai toujours plutôt été une solitaire. Enfin, je le croyais. Quand j'étais petite, je passais beaucoup de temps seule, j'aimais surtout la compagnie des livres, pas tellement celle des personnes, à part des vieilles personnes, comme Abou. J'avais même tellement envie de lire que Grand-mère m'a appris. Je n'avais même pas deux ans. *Ma-Me-Mi-Mo-Mu... Ta-Te-Ti-To-Tu...* Ce n'était pas difficile. Malheureusement, elle n'a pas pu m'enseigner toutes les lettres, parce qu'elle a dû repartir en voyage. Alors, celles qu'elle n'avait pas eu le temps de me faire connaître, je les ai apprises toute seule.

Aujourd'hui, je me rends compte que si j'aimais mieux la compagnie des livres, c'est parce que je ne parvenais pas à trouver de compagnie agréable auprès des personnes que je connaissais. Parce que, je l'ignorais, la loi du plus fort règne dès la maternelle. Il suffit que tu sois doux et gentil pour qu'on ait envie de t'écraser. Alors moi, je préférais rester loin des autres et près de mes livres.

Je ne m'en souviens pas bien, mais Abou raconte que je possédais une petite maison en toile, que j'avais reçue pour mon anniversaire. La charpente était composée de morceaux de bois qu'il fallait monter, avec des coins en plastique. Elle me dit que la journée, je prenais ma maison de toile, les bouts de bois, une assiette de fraises et des livres, et je montais la maison dehors, dans le parc. Je passais l'après-midi toute seule dans ma maison en toile, à lire des livres et à manger des fraises. Il était là, le début de l'aventure. La nuit, je reconstituais la maison à côté de mon lit, je dormais dedans, et j'imaginais que je me trouvais au bout du monde. Elle dit, Abou, que j'avais déjà compris ce qu'était le voyage en solitaire.

Abou et moi ne sommes pas seules. En cas de pépin, nous pouvons compter sur les voisins. J'ai déjà parlé de celui qui n'aime pas les oiseaux qui font caca sur son balcon. C'est le même qui nous donne des fruits et des légumes de son jardin: patates douces, courges, haricots verts, coriandre, papayes. Comme il est aussi pêcheur, il nous apporte du poisson tout frais qu'il a pris lui-même. Il m'a même proposé souvent d'aller avec lui à la pêche. J'ai beau lui raconter mon histoire de Robinson Crusoé, il continue de m'inviter.

Quand c'est la saison, le voisin, il chasse les crabes. Il a construit lui-même une sorte de cage en bois, dans laquelle il garde les crabes pour les «nettoyer». Les crabes, tu ne peux pas les manger tout de suite après les avoir attrapés. D'une part, parce qu'ils sont trop maigres, d'autre part, parce qu'ils peuvent être remplis de cochonneries. Ils mangent tout ce qu'ils trouvent, y compris de la vache morte! Alors, il faut les garder plusieurs semaines dans une cage et les nourrir exclusivement de grains de maïs, jusqu'à ce qu'ils soient propres.

Abou adore le riz au crabe, c'est une spécialité créole, mais moi, ça me fait quand même de la peine de les manger. En plus, ils sont très beaux, les crabes, avec leur carapace d'une couleur bleu-violet magnifique. Je préfère quand c'est la saison d'interdiction de la chasse au crabe, quand ils muent et se reproduisent. On doit alors les laisser tranquilles.

Mais partager le riz au crabe avec les voisins fait partie de la culture. Ici, les gens ont encore le sens de la solidarité. On a vraiment pu le constater pendant le dernier ouragan. Comme il n'y avait plus d'électricité, ceux qui avaient des cuisinières à gaz préparaient à manger pour les autres. Et ceux qui avaient des générateurs, et qui pouvaient faire fonctionner leur congélateur, faisaient des glaçons et allaient les donner à leurs voisins et leurs amis privés d'électricité pour qu'ils puissent conserver leurs aliments.

De nombreuses personnes aussi se sont déclarées volontaires pour aller apporter de l'eau, de la nourriture, des réchauds à gaz, des lampes solaires et plein d'autres produits de première nécessité aux quatre coins de l'île. Et aussi, du réconfort. Le réconfort est aussi important que l'eau et la nourriture, dans les moments de crise. Certains ont escaladé des collines et traversé des rivières en crue, au péril de leur vie, pour aider les autres.

Moi, je ne saurais pas faire ça, mais j'ai fait comme tout le monde, je me suis aussi portée volontaire. Un jour, nous sommes allés apporter des provisions à une famille qui avait perdu sa maison à cause de l'ouragan et qui campait au bord de la lagune. Il y avait le grand-père avec sa fille, son gendre et ses petits-enfants. C'était difficile de découvrir les conditions dans lesquelles ils vivaient, avec des bouts de bâche en guise de toit, des boîtes partout, un énorme désordre parce qu'ils avaient dû monter le camp à toute vitesse, avec les choses qu'ils avaient pu sauver. Ils vivaient là depuis plusieurs semaines, mais ils n'avaient pas pu encore mettre de l'ordre: d'abord, ils devaient survivre.

Nous avons parlé longtemps avec eux, ils nous ont raconté comment était leur vie avant d'avoir perdu leur maison. Elle n'était pas facile non plus. Nous sommes restés jusqu'au soir. Heureusement, il n'y avait pas trop de moustiques parce que l'été, la saison où il y a le plus de moustiques, était déjà passé. Juste avant que la nuit tombe, le grand-père s'est éloigné d'une dizaine de mètres, il est entré dans l'eau de la lagune. Je l'ai vu nager tranquillement, puis il s'est assis sur le sable, toujours un peu éloigné des autres. Je ne comprenais pas pourquoi il restait tout seul, sa famille ne semblait pas faire attention à lui. Il fixait la lagune. Je n'aime pas quand on laisse les personnes âgées toutes seules, alors je suis allée vers lui. Il m'a chuchoté: «Assieds-toi, regarde!»

Au début, je n'ai rien vu. Puis j'ai aperçu une sorte de museau qui sortait de l'eau, juste devant nous. Un museau brun-gris. Puis une tête. Puis un dos. C'était un lamantin. Le lamantin est un mammifère marin très rare, on dirait un croisement entre un éléphant de mer, un phoque et un shar-pei. Il fait partie des sirénidés, parce que, comme la femelle lamantin tient son bébé dans les bras, les anciens marins, apercevant des lamantins, ont cru que c'étaient des sirènes. J'en ai vu d'abord un, puis deux, puis trois. Ils remontaient à la surface, pour disparaître aussitôt, puis réapparaître un peu plus loin. C'était merveilleux.

En fait, le grand-père n'était pas tout seul. Simplement, tous les soirs, il avait pris l'habitude de nager dans la lagune avant la tombée de la nuit, puis de venir s'asseoir au bord de l'eau pour admirer les lamantins qui viennent manger les herbes marines. Il devait sûrement être poète, le grand-père. Parce que les poètes, même quand ils ont tout perdu, ils ont encore le ciel, la mer, et la poésie.

Chapitre 10

Certains pensent que les gens du Sud sont paresseux, mais ce n'est pas vrai. Ici, je connais de nombreuses personnes qui se lèvent à cinq heures du matin, elles vont faire de la gym et après, elles partent au travail, souvent dans des conditions épouvantables. Mais elles n'ont pas le choix, alors elles ne se plaignent pas et font de leur mieux. C'est étonnant les choses magnifiques qu'elles sont capables de produire dans des lieux souvent insalubres.

Si parfois les gens ne réussissent pas à en faire autant que, mettons, en France ou en Suisse, c'est à cause de la chaleur. L'été ici est beaucoup plus chaud et long. À partir de mai-juin, et jusqu'au début du mois d'octobre, il fait une chaleur épouvantable, et c'est encore pire sur la côte caraïbe. Dès huit ou neuf heures du matin, il fait trop chaud pour rester dehors, et même à la maison, il fait chaud. Il est difficile de se concentrer, difficile de bouger. Comme si le corps entrait dans une hibernation à l'envers. Ce n'est pas le froid mais le chaud qui engourdit les membres et t'empêche de faire tout ce que tu voudrais.

Quand je suis venue vivre avec Grand-mère, je ne le savais pas. Mon premier mois de mai sur l'île, j'ai cru que je souffrais d'une terrible maladie, parce que je n'arrivais plus à remuer, je suis devenue comme paralysée. Je ne pouvais pas me lever du canapé, et je restais assise toute la journée sans rien faire. Mais vers dix-huit heures, sans que je comprenne pourquoi, mon corps faisait tout à coup un bond et je parvenais à nouveau à marcher et à bouger normalement. J'ai passé une semaine comme ça, à me demander ce qui m'arrivait. Grand-mère, elle, n'avait rien.

Puis nous sommes allées rendre visite à une amie de Grand-mère. Chez elle, il faisait frais, elle avait allumé les ventilateurs de plafond dans toute la maison. Je me suis sentie beaucoup mieux. En rentrant chez nous, j'ai aussi mis les ventilateurs en marche. Je n'ai plus été paralysée. En fait, c'était la chaleur. Je ne savais pas qu'elle pouvait avoir cet effet-là.

Grand-mère, ça ne lui fait rien, parce qu'elle est une vraie Créole. Elle a grandi sans électricité et sans ventilateurs, et la chaleur ne la dérange pas. Les jeunes, ils ne sont plus du tout adaptés à leur climat, ils ne peuvent pas vivre sans l'air conditionné à plein volume, tu te croirais dans un congélateur.

Ce qui est étrange, c'est que quand j'étais petite, j'ai passé plusieurs étés chez Grand-mère, mais je n'ai pas été paralysée. À l'époque, elle vivait dans une maison avec un jardin plein de bananiers et un poulailler. Je pouvais marcher, jouer et courir derrière les poules et les poussins normalement, même durant les mois de juillet et août. Je crois que c'est à cause du changement climatique, maintenant, il fait beaucoup trop chaud.

Le changement climatique, on le remarque à des tas de choses ici. Par exemple, les plages: avant, elles avaient beaucoup de sable, il fallait marcher longtemps avant de pouvoir mettre les pieds dans l'eau. Maintenant, ces plages sont toutes étroites, et après les marées de tempête, à certains endroits où tu pouvais marcher, tu ne peux plus poser le pied, parce qu'il n'y a plus de sable du tout, l'eau a tout recouvert. Ceux qui pensent qu'il est faux de dire que le niveau de la mer monte ne sont jamais venus à Porto Rico, ou ne se sont pas approchés de la côte.

Tout le monde sait que construire des châteaux sur le sable n'est pas une bonne idée. Pourtant, sur l'île, certains construisent des maisons, des immeubles, et même des hôtels sur le sable. Le plus près possible de l'eau, parce qu'ils veulent faire plaisir à ceux qui n'ont pas envie de marcher, et qu'ils prennent l'expression «les pieds dans l'eau» littéralement. Chez nous, ça va, parce que c'est encore assez protégé, mais dans certaines zones, c'est devenu un vrai problème. À cause des ouragans et de la montée des eaux, des immeubles entiers sont en train de s'écrouler dans la mer. Grand-mère dit que ceux qui les ont construits, ils sont tranquilles maintenant, ils ont plein d'argent à la banque, dans les îles Caïmans ou d'autres îles de la région. Mais ceux qui les ont achetés, ils n'ont plus que leurs yeux pour pleurer.

Ces dernières années, les ouragans ont vraiment fait des ravages. Il y en a eu plusieurs de suite de catégorie 4 et 5 sur l'échelle de Saffir-Simpson, les plus forts. À cause du changement climatique et des saisons chaudes trop chaudes, les ouragans sont de plus en plus violents. Les experts disent que peut-être, il va falloir agrandir l'échelle, qu'on pourrait à l'avenir avoir des ouragans de catégorie 6 ou plus. Je n'ose même pas l'imaginer! Quand tu as vécu un ouragan de catégorie 5, tu te demandes qui pourrait survivre à un de catégorie 6. Ou plus!

Maintenant, les océans deviennent tellement chauds que les ouragans, au lieu du voyage habituel de l'Afrique aux Caraïbes, font parfois demi-tour et remontent vers l'Europe. Du jamais vu! Ici, on a l'expérience des ouragans, et les gens savent généralement quoi faire. Par exemple, Abou sait comment calfeutrer les fenêtres Miami avec des sacs-poubelle et des boîtes de conserve. On doit aussi protéger les portes et les fenêtres en verre avec des planches de bois, des tôles d'acier ou des stores à tempête en accordéon tout prêts. Mais comment feront-ils, en Europe, si les ouragans commencent à venir chez eux? Ils ne sont pas du tout préparés!

Ici, la plupart des maisons sont en ciment, parce que celles qui sont en bois, à part les anciennes, construites avec du bois solide, elles ne résistent pas aux ouragans. Alors les habitants, tout au moins ceux qui ont les moyens, font construire des maisons en ciment. Les plus pauvres ne le peuvent pas, et ils doivent se résigner à perdre leur maison avec tout ce qu'il y a dedans. Avant, c'était encore pire: jusqu'aux années 1950, ils vivaient dans des maisons en paille. Je ne veux pas imaginer ce qu'était de se trouver dans une maison en paille pendant un ouragan! Grand-mère est persuadée que l'histoire des *Trois Petits Cochons* n'est pas un conte anglais ni une histoire de Walt Disney mais une histoire portoricaine. Et le loup qui souffle, c'est un ouragan.

En tout cas, si on n'interrompt pas le changement climatique, bientôt plus personne aux Antilles, aux États-Unis ou en Europe, pauvre ou riche, ne pourra résister aux loups-ouragans.

Chapitre 11

Ce qui a été difficile durant le dernier ouragan a été de ne pas avoir d'électricité ni d'eau courante. La coupure de courant a tué plusieurs milliers de personnes à Porto Rico, surtout des personnes qui dépendaient de machines pour vivre, comme les asthmatiques, ou les dialysés. Même les hôpitaux n'avaient pas d'électricité. Ça a été un chaos terrible. Pour l'eau, beaucoup ont dû faire comme à l'époque où Grand-mère était petite: aller se baigner dans la rivière. J'ai vu des familles qui s'y rendaient en voiture. Sur place, le papa tenait un linge pour cacher la maman, pendant que les enfants attendaient leur tour de se laver, assis dans le coffre.

Ceux qui savaient ont aussi construit des tuyaux avec du bambou pour transporter l'eau depuis le haut de la montagne, comme on faisait à l'époque, pour boire. Après, bien sûr, on ne pouvait pas la faire bouillir, vu que les cuisinières ne fonctionnaient plus. Alors, il ne fallait pas oublier de la filtrer ou d'y mettre des gouttes d'eau de Javel, pour ne pas tomber malade.

C'était difficile aussi parce qu'on n'avait pas assez à manger. Normalement, avant un ouragan, on fait des provisions pour quelques jours, le temps que les vents passent et que les choses reviennent à la normale. Mais la dernière fois, il a fallu des mois, pour certains plus d'une année avant que les choses reprennent leur cours plus ou moins habituel.

Pour moi, la difficulté est venue de mes allergies alimentaires. Mais je n'avais pas le choix : j'ai dû manger ce qu'il y avait, même si cela ne me faisait pas toujours du bien. Je n'aime pas vraiment le poulet, mais comme il n'y avait que ça pour prendre des forces, alors j'ai dû en manger. Parfois, je rêvais de glace au café. C'était un rêve, bien sûr, parce qu'il n'y en avait pas, et de toute façon, sans frigidaire et sans congélateur, on n'aurait pas pu la conserver. Alors, quand l'envie était trop forte, j'imaginais que je mangeais de la glace au café, j'essayais de me rappeler sa texture onctueuse et son goût. J'imaginais qu'elle fondait dans ma bouche et me rafraîchissait. Parfois, ça marchait, mais pas toujours.

Je me demande pourquoi les gens vivent là où il y a souvent des catastrophes, comme les ouragans ou les tremblements de terre. Grand-mère explique que les habitants sont attachés à leur terre, au lieu où ils sont nés, où leurs parents sont nés. Ils sont attachés à leurs amis, à leur culture, à leur manière de vivre. C'est pour ça qu'ils restent au même endroit, même après une catastrophe. Ils préfèrent racheter de nouveaux meubles chaque fois, mais rester là où ils ont leurs attaches. Parce qu'une famille, des amis, ou l'esprit des ancêtres, cela ne peut pas s'acheter.

Ceux qui ont moins de problèmes pour abandonner leur maison sont ceux qui viennent d'ailleurs, ceux qui n'ont pas de racines à cet endroit. Ceux-là ont plus peur que les autres après la catastrophe, et ils s'en vont au plus vite, parce qu'ils ne disposent pas de souvenirs familiaux d'autres catastrophes, qui leur raconteraient que ce nouveau cataclysme n'est qu'un mauvais passage, que la vie continue après, parfois différente, et que l'important, ce sont les racines. Parce que c'est à partir des racines qu'un nouvel arbre peut pousser.

Pour certaines personnes, les racines se révèlent plus complexes parce qu'elles ne sont pas nées au même endroit que leurs parents. Parfois, ces derniers viennent tous les deux de lieux différents. Parfois, on naît dans un pays différent sur plusieurs générations. Par exemple, Grand-mère, elle avait un arrière-grand-père originaire des Baléares, une grand-mère qui venait de Perse, un père suisse et un mari issu du Népal. C'est parfois compliqué. Abou dit que c'est probablement pour ça qu'elle n'aime pas trop la guerre, parce qu'elle n'a pas vraiment un pays pour lequel se battre, ni aucun pays contre lequel elle aurait envie de faire la guerre, parce que si ça se trouve, peut-être quelqu'un de sa famille vivrait dans ce pays.

Elle m'a légué de multiples origines, mais je crois que quelque part, elle aime bien se sentir créole.

«Créole, elle dit, ça veut dire qu'ici, je me sens chez moi.»

En fait, il y a de nombreux autres endroits où elle se sent chez elle, quelquefois parce qu'elle y a de la famille, ou des amis, d'autres fois simplement parce qu'elle aime la température du lieu, sa langue, son art, sa musique, ou la couleur de ses rochers. Enfin, elle s'y sent bien parce que se sentir vraiment chez soi dans un endroit qui n'est pas à soi reste parfois compliqué.

Parmi les lieux où la couleur des rochers est incroyable, on trouve le Nouveau-Mexique et l'Arizona. Grand-mère a voulu se lancer dans un *road trip* une fois, comme dans les livres et les films. Elle a emmené un de ses fiancés. Il n'avait pas trop envie d'y aller, mais elle a insisté. Comme il fallait conduire sur beaucoup de kilomètres, elle et son fiancé se sont relayés au volant. Mais ce n'était pas juste. Quand il conduisait, il n'arrêtait pas de lui parler, et en plus, il n'avait aucun sens de l'orientation, et elle était obligée de garder les yeux sur la carte pour lui indiquer le chemin. Aussi, elle avait peur qu'il s'endorme au volant, ça lui était arrivé une fois, elle avait dû retenir le volant pour qu'ils ne foncent pas dans le décor. Alors, quand c'est lui qui conduisait, elle ne pouvait pas se reposer, même quand elle était très fatiguée. Mais quand c'est elle qui dirigeait la voiture, il s'endormait à la demi-seconde.

Au début, quand la route passait par un beau paysage, elle le réveillait: «Regarde! Regarde comme c'est beau!» Mais après, elle a compris que ce qu'il voulait, c'était surtout dormir, elle ne le réveillait plus. Elle pensait: «Tant pis pour lui!» Elle conduisait, et en même temps, elle avait l'impression de regarder un film. Il y avait des rochers de toutes les couleurs, avec les strates bien différenciées, dans des tons variés de jaune, rouge, ocre, brun, blanc, qui lui donnaient envie de devenir géologue, même si elle n'avait jamais trop aimé la géologie à l'école. Il y avait cette longue route toute droite, donnant sur un ciel qui changeait de couleur au fur et à mesure que le temps passait, allant du jaunâtre au bleu limpide, puis au violet. Des montagnes avec des formes incroyables, des arches, des rochers au sommet coupé à la hache, style *Rencontres du troisième type*. Avec la musique à la radio comme bande sonore, elle avait vraiment le sentiment d'être revenue en enfance, dans un film d'Indiens et de cow-boys (elle avait toujours préféré les Indiens).

«Finalement, la vie, c'est peut-être ça, dit Abou. Un jour, tu te crois dans un décor magnifique, un autre, tu vis un véritable film catastrophe. Dans les deux cas, ce n'est pas du cinéma.»

Chapitre 12

Elle a voyagé, Abou, et même habité, dans tout un tas de pays. Mais au final, elle revient toujours ici. Elle dit qu'une baie tranquille vaut bien tous les pays du monde.

Pourtant, elle en a vu, des belles choses. Elle a campé dans le désert du Thar, dans le Rajasthan, là où les femmes portent les plus belles couleurs du monde, des safrans, des turquoises, des fuchsias, des oranges vibrants qu'elle n'a retrouvés nulle part ailleurs. Elle a grimpé trois mille cinq cents marches pour admirer des temples en marbre sculpté au Gujarat, et dormi dans des plantations de thé à Darjeeling où, l'hiver, la brume joue avec le vert des collines, et pendant la mousson, il fait si humide qu'elle n'arrivait pas à faire sécher ses habits, même en les tendant au-dessus du feu.

Elle a fait du vélo au Vietnam et dérivé sur le Mékong au Laos. Elle a cueilli de la vanille à Zanzibar, s'est prise pour Karen Blixen au Kenya, et a pesté contre les sacs en plastique qui étouffent les arbres en Somalie. Grand-mère a aussi pris le train pour Marrakech, et a été invitée à une réunion de caciques indiens dans une île au large du Panama. Quand elle était adolescente, elle a ramassé des châtaignes dans le jardin d'un pensionnat de jeunes filles en Angleterre, et plus tard, elle a été boursière en Haïti.

Au début, elle voyageait pour le plaisir et pour apprendre, ensuite, c'était surtout pour des raisons professionnelles. Abou a été photographe et journaliste. Il n'y en avait pas beaucoup des femmes, sur l'île, qui faisaient ces métiers. Mais elle, c'est ce qu'elle voulait faire. Elle ne souhaitait pas rester sur l'île, elle avait envie de parcourir le monde. Maintenant, elle ne voyage pratiquement plus. Elle dit qu'elle n'en a plus besoin. Que sa baie lui suffit.

«Ici, elle dit, j'ai des pélicans, des tortues marines, des dauphins, des lamantins. Qu'est-ce que je voudrais de plus? De toute façon, à mon âge, les plus beaux voyages sont ceux que l'on fait pour être près de ceux qu'on aime.»

Abou, la première fois qu'elle a vu un lamantin, elle avait déjà passé cinquante ans. Combien de fois avait-elle pourtant regardé sa baie sans en apercevoir un seul? Elle pensait qu'il n'était plus d'actualité, le panneau qui disait: «Attention aux lamantins», sur la plage. Et puis un jour, alors qu'elle ne s'y attendait plus, elle en a vu un. C'était comme une apparition. Depuis, elle en aperçoit régulièrement. Elle dit que peut-être qu'avant, malgré son expérience de photographe, elle n'avait pas encore appris à regarder comme il fallait. Ou assez longtemps.

Grand-mère dit aussi qu'il n'est pas besoin d'aller loin pour être heureux, ou même surpris. Mais que parfois, aller loin nous apprend à mieux voir et apprécier ce qui se trouve tout près. Moi, je ne suis pas sûre que «loin» et «près» aient encore un sens. D'abord, où qu'on se trouve, on est plus ou moins toujours à la même distance du centre de la Terre, donc «loin» ou «près» restent très relatifs. Ensuite, il ne reste plus vraiment d'endroits inexplorés. Où que tu ailles, quelqu'un y est allé avant toi. Et puis, pour toi, c'est peut-être un lamantin ou un tatou qui est exotique, mais pour d'autres, ce sera plutôt une primevère. En fait, je me rends compte de plus en plus que tous les deux, lamantin ou primevère, sont des merveilles de la nature, un miracle de beauté.

«Abou, qu'as-tu le plus aimé de tes voyages?»

Grand-mère a fait mine de ne pas m'entendre. Elle s'est levée et s'est rendue dans sa chambre. Quand elle est revenue, elle tenait dans ses mains une petite boîte blanche avec des lettres dorées, une de ces boîtes que l'on reçoit pour un baptême ou un anniversaire, avec à l'intérieur une petite médaille ou des boucles d'oreilles. Elle a ouvert la boîte, et dedans, posé sur du coton rose, il y avait quelque chose, je ne voyais pas bien. Elle l'a saisi très délicatement entre son pouce et son index, et a dit:

«Tends tes mains et ferme les yeux.»

J'ai fermé les paupières, tendu vers elle mes mains paumes vers le haut, serrées l'une contre l'autre, et j'ai senti qu'elle me frôlait du bout des doigts, je n'ai rien perçu d'autre. Grand-mère m'a dit que je pouvais rouvrir les yeux.

À ma grande surprise, sur ma paume gauche, il y avait une sorte de petite boule rouge-brun, un peu aplatie, de la taille d'une lentille. C'était une graine, mais je ne savais pas de quoi. Elle avait comme un petit chapeau, en bois presque transparent, plus petit qu'un grain de riz. Elle ne pesait rien, c'est pour ça que je n'avais pratiquement rien senti. En regardant mieux, j'ai vu que le chapeau avait la forme d'un animal. C'était un petit éléphant minuscule, en bois clair sculpté. J'ai dit à Grand-mère:

«C'est magnifique, tu l'as eu où?»

Elle m'a répondu:

«Ouvre-le.»

L'ouvrir? Je ne voyais pas comment.

«Tire l'éléphant vers le haut, très délicatement, avec tes ongles.»

J'ai glissé mon ongle entre la graine et l'éléphant miniature, et j'ai tiré vers le haut. J'avais peur de tout casser. Mais l'éléphant est sorti. À l'intérieur, la graine était creuse. Grand-mère m'a dit:

«Vide-la dans ta paume.»

Je l'ai secouée un petit peu, et quelque chose en est sorti, un tout petit éclat de bois. Il avait quatre pattes et une trompe, c'était un autre éléphant, encore plus petit que le premier. Grand-mère m'a demandé de continuer. J'ai secoué la graine à nouveau, et un autre éléphant est apparu. Chaque fois que je secouais la graine, surgissait un nouvel éléphant, encore plus minuscule que le précédent. En tout, trente éléphants sont sortis de la graine!

«C'est un artisan de l'Inde qui l'a fait, a expliqué Grand-mère. Il était très pauvre. Tout ce qu'il a pu trouver, c'est cette graine et un peu de bois. Mais il était extrêmement talentueux. C'est ça, la magie du voyage. Ça et les silences du monde.»

Chapitre 14[2]

Le silence possède ses propres sons. Mais en ce moment, ici, c'est tout sauf silencieux. À entendre les crépitements caractéristiques, dehors, il semblerait même qu'il ait commencé à pleuvoir. Je m'attends à voir les petites taches humides des premières gouttes sur le sol, mais je ne vois rien. L'allée en bas est parfaitement sèche.

Bien sûr! Je me suis encore fait avoir, ce n'est pas la pluie, c'est le vent! Quand il souffle dans les arbres du parc, il fait exactement le même son que la pluie, cette pluie tropicale qui s'annonce par quelques gouttes inoffensives, se déverse d'un coup avec vigueur, et s'arrête aussi soudainement qu'elle a démarré, dès que les gros nuages gris foncé, généralement venus de l'est, se sont éloignés.

Les jeunes cocotiers devant chez nous ont commencé à agiter leurs palmes dans tous les sens.

«Sacré mois de mars! Je vais encore me faire décoiffer!»

Grand-mère n'aime pas trop sortir quand il y a du vent, surtout quand elle a passé du temps le matin à

---

2   À Porto Rico, il n'y a jamais de treizième étage, on passe du douzième au quatorzième. Je ne suis pas superstitieuse, mais j'ai préféré sauter directement au quatorzième chapitre, au cas où.

faire gonfler ses cheveux fins en les ratissant et en les raclant avec son peigne.

Abou a prévu de rendre visite à une amie. C'est un jour de congé. Si pour Grand-mère, cela ne change pas grand-chose, pour son amie oui, car elle est enseignante dans une école primaire. À Porto Rico, les congés officiels – comme le Nouvel An, le 4Juillet (indépendance américaine), le jour de la Constitution ou Thanksgiving – constituent avant tout une bonne occasion de se retrouver pour manger ou pour aller à la plage.

Aujourd'hui, on fête l'abolition de l'esclavage sur l'île. Les esclavagistes n'avaient pas perdu de temps. À peine vingt ans après que Christophe Colomb s'était trompé en croyant arriver aux Indes en 1492, ils avaient déjà commencé à vendre des esclaves entre l'Afrique et les Antilles. C'est le temps qu'ils ont mis pour décimer ou faire fuir dans les montagnes une bonne partie de la population indigène. Quarante ans après l'arrivée des premiers colons à Porto Rico, ils n'étaient que trois cent soixante-dix Blancs sur l'île, mais ils avaient déjà plus de mille cinq cents esclaves africains et il leur restait près de cinq cents esclaves indigènes (ceux-là, ils ne les appelaient pas «esclaves», mais c'était tout comme).

Trois cents ans plus tard, quand la traite transatlantique a été interdite (mais pas l'esclavage), le nombre de Blancs s'était pratiquement multiplié par mille.

«Les colons, dit Grand-mère, ça se reproduit comme les lapins. Et pas qu'entre eux.»

Il doit y avoir du vrai, parce qu'à côté des trois cent mille Blancs, il y avait presque autant de mulâtres et de

Noirs libres, en plus des quarante-deux mille esclaves. Cherchez l'erreur.

«Les esclavagistes, dit encore Grand-mère, ils ne manquaient pas d'air. Ils affirmaient sans rougir que la main-d'œuvre libre ne leur procurait pas la même sécurité que la main-d'œuvre esclave, parce qu'ils ne pouvaient pas la faire travailler jour et nuit et sans paie. Et puis quoi encore!»

Quand l'Espagne a finalement aboli l'esclavage à Porto Rico en 1873, huit ans après les États-Unis, les Blancs sur l'île étaient morts de trouille à l'idée d'être attaqués par les anciens esclaves et de devoir décamper, comme ça s'était passé en Haïti ou dans d'autres îles des Caraïbes. Mais ce n'est pas arrivé. Grand-mère pense que c'est parce qu'ici, les esclaves n'étaient pas assez nombreux.

«Un esclave contre treize hommes libres, c'était risqué. En Haïti, s'ils ont pu faire la révolution et devenir la première république noire, c'est parce qu'ils étaient sept contre un.»

L'esclavage a été aboli chez nous il y a bientôt cent cinquante ans, mais le racisme a duré beaucoup plus longtemps. Dans les églises, on a même gardé des livrets officiels dans lesquels on notait seulement les noms de ceux qui n'avaient pas d'esclaves parmi leurs ancêtres, pour pouvoir se marier parmi ceux-là. Quand Grand-mère était petite, ses cousines lui faisaient peur en lui disant que, peut-être, quand elle serait grande, elle aurait des enfants noirs. Quand elle est allée étudier aux États-Unis, elle a constaté que là-bas, c'était encore pire! Elle a même eu un fiancé américain. Elle l'aimait beaucoup et allait se marier avec lui, jusqu'à ce qu'il lui demande si elle n'avait pas par hasard des ancêtres africains. Elle est tombée des nues et l'a largué aussi sec. Heureusement qu'elle ne s'est pas mariée avec lui! Aujourd'hui, les choses ont bien changé. Les jeunes ne sont pas comme à l'époque de Grand-mère, même s'il reste encore de nombreuses inégalités sociales qui prennent leurs racines dans l'esclavage. Mais si tu prends l'ADN de n'importe quel Portoricain, même parmi ceux qui ne sont pas nés sur l'île, tu trouveras qu'ils ont le même mélange de sang européen (espagnol, français, corse, italien, irlandais, entre autres), africain (sénégalais, bantou, gambien, etc.), taïno, ou encore juif ou moyen-oriental, à des pourcentages différents. Ce mélange, on l'appelle «race portoricaine». Moi, j'enlèverais complètement le mot «race».

Cela paraît inconcevable, mais dans certains formulaires, comme ceux pour postuler à un emploi, on te demande encore quelle est ta race! On te fait croire que le but est de protéger les minorités, mais les gens ne sont pas dupes. Je ne sais pas si la plupart cochent la case «caucasien», une autre façon de dire «blanc», mais Grand-mère et moi, nous préférons ne rien cocher, puisque ce n'est pas obligatoire. Chaque fois, sous la rubrique «race», j'aimerais ajouter une case «Vous faites ch…». Mais comme ce sont généralement des formulaires officiels de l'État, je n'ose pas.

Abou, elle dit que même si on a aboli l'esclavage, il faut rester vigilant. Il ne faut pas oublier que la plupart de ceux qui nous gouvernent et qui tiennent l'économie de ce pays sont les descendants des anciens esclavagistes! Certains ont conservé la même mentalité. Ce n'est plus forcément une question de couleur, mais s'ils pouvaient te faire travailler à toute heure du jour ou de la nuit pour rien, ils le feraient!

Grand-mère s'est levée. Elle quitte le balcon, traverse le salon. Je l'entends prendre ses clés et refermer la porte d'entrée. Elle a descendu les marches et je la vois maintenant s'éloigner sur l'allée à l'aide de sa canne, en direction de la mer. La canne de Grand-mère, c'est toute une histoire: combien de fois l'a-t-elle oubliée sur le toit de sa voiture? Parce que quand elle fait ses courses, le plus pratique pour elle est de poser la canne sur le toit pour pouvoir ouvrir la portière! Une fois, la canne est tombée au beau milieu d'une route nationale bondée. Alors elle a garé la voiture sur le bord de la route, en espérant que le trafic baisse pour aller récupérer son bien. Heureusement pour elle, un monsieur courageux s'est aventuré sur la route et la lui a rapportée.

Aujourd'hui, cela ne risque pas de lui arriver. Elle ne va pas bien loin, elle peut s'y rendre à pied. Pour Grand-mère, la meilleure façon de fêter la Journée de l'abolition de l'esclavage sera toujours de manger un bon *mofongo*[3] aux crevettes avec une amie.

---

3   Le *mofongo* est un plat créole d'origine africaine, composé de purée de plantain frit garnie de viande, de poisson ou de fruits de mer. À Cuba, on l'appelle fufú (prononcer «foufou»).

Chapitre 15

Le soleil est haut dans le ciel, c'est l'heure où la mer prend sa couleur turquoise typique des Caraïbes, celle que les gens qui n'y vivent pas apprécient sur les photos. C'est effectivement très beau. Pourtant, ce n'est vraiment pas la meilleure heure pour aller à la plage. Le soleil cogne beaucoup trop dur, et le sable brûle les pieds.

J'en sais quelque chose. Une fois, j'y étais allée pour le nettoyage de la plage, mais j'avais dû faire une course avant. De ce fait, j'étais arrivée plus tard que d'habitude. La mer était belle, il y avait des pélicans et je ne sais pas pourquoi, j'ai voulu faire comme les touristes. J'ai sorti mon téléphone portable pour prendre des photos. J'ai longé la plage en suivant les pélicans tout en ramassant les bouts de verre, les canettes de bière, les tongs en plastique rongées par la mer, les filets de pêche, et même des vieux T-shirts. Il y avait aussi du papier toilette, mais ça, c'est trop dégoûtant, je ne peux pas. Je veux bien ramasser les déchets, mais pas la merde des autres !

Quand j'ai atteint le bout de la plage, je me suis aperçue que je n'avais plus les sandales en cuir que je tenais à la main en arrivant. J'ai pensé que j'avais dû les laisser tomber sans m'en rendre compte, peut-être quand j'avais commencé à prendre les photos, alors je suis revenue sur mes pas. Je ne les ai pas trouvées. J'ai reparcouru la plage plusieurs fois dans les deux sens, mes sandales avaient bel et bien disparu! Peut-être quelqu'un qui nettoyait la plage comme moi les avait-il ramassées et jetées à la poubelle? Pourtant, je n'ai vu personne.

Le problème, c'est qu'à l'heure qu'il était, le sable avait commencé à chauffer, et j'ai eu l'impression de devoir marcher sur une poêle à frire bouillante! Dans le sens de la longueur, pas de souci, je pouvais marcher dans l'eau, mais pour quitter la plage, j'étais obligée de traverser le sable. J'ai fait comme j'ai pu, en sautillant, en me roulant par terre dans mes vêtements anti-UV, en vidant l'eau de ma gourde sur mes pieds. Mais ça recommençait à brûler aussitôt. Ah, les plages des Caraïbes! Chaque paradis a son enfer. J'ai finalement réussi à rejoindre le chemin de terre, pensant que maintenant, tout irait bien. Sauf que, je ne l'avais jamais remarqué, le chemin était jonché de cailloux pointus. Il fallait que je marche pieds nus sur ce sentier plein de cailloux, une vraie torture.

Comme jamais je n'aurais pu aller jusqu'à la maison comme ça, je me suis arrêtée devant une pharmacie au bord de la route, en espérant qu'on y vendrait des tongs. J'avais vraiment honte d'entrer dans la boutique pieds nus, j'avais l'impression qu'on me regardait comme si j'étais une touriste malpolie, comme ceux qui entrent dans les magasins torse nu. Alors, j'ai fait un grand sourire à la pharmacienne, en marmonnant que j'avais perdu mes sandales sur la plage. Je me suis trouvée encore plus nouille. Heureusement, elle avait des tongs, même si elle n'avait pas beaucoup de choix.

Tout ce que j'ai déniché à ma pointure a été une paire de tongs turquoise pétant avec des fleurs blanches, et les mots «Puerto Rico» écrits dessus. Je crois que je les ai encore.

Non, décidément, même si en ce moment je donnerais n'importe quoi pour pouvoir lâcher mes béquilles et aller à nouveau marcher au bord de l'eau, je ne recommande pas de se rendre à la plage à cette heure-ci.

La meilleure heure, c'est tôt le matin, quand il n'y a personne et que les arbres distribuent encore une ombre rafraîchissante. Quand les traces de tous les animaux sont nettes sur le sable, et que tu reconnais celles des bernard-l'ermite, parallèles à l'eau; celles des iguanes qui viennent boire l'eau salée de la mer, plus larges, perpendiculaires à la plage; celles des tortues, la tortue à écailles dont les traces ressemblent au symbole du yin et du yang, et la tortue luth, la plus grosse tortue marine au monde, qui peut mesurer plus de deux mètres. C'est aussi l'heure où tu peux croiser de petits crabes jaunes qui te regardent de leurs yeux saillants, et tu peux leur dire: «T'inquiète pas, petit crabe, je ne vais rien te faire.» Ils comprennent très bien.

C'est l'heure où la marée est la plus basse, à peine quelques mètres, parce que les marées ici ne sont pas très prononcées, en tout cas pas comme celles de certains océans d'Europe, et les eaux sont tranquilles, translucides. L'heure où le sable sous l'eau forme des sillons parallèles, qui rappellent ceux des jardins zen japonais. Pendant ces heures matinales, où la plupart des gens dorment avant leur course folle de la journée, le sable, la mer et le ciel se fichent de leur agitation à venir. Ils se donnent la main en douceur, dessinant de bas en haut un parfait dégradé de couleurs, calme et harmonieux.

Dans ces moments de communion avec la nature, dans ce qu'elle a de plus serein et de plus parfait, de plus humble aussi, je deviens comme elle, je n'ai plus peur de rien. Je sais que je me trouve au parfait endroit, au parfait moment.

Chapitre 16

Pendant que Grand-mère est en train de savourer son *mofongo*, dont elle m'apportera sûrement une portion plus tard, j'observe un couple de *mozambiques*[4] qui virevoltent d'arbre en arbre. Ces oiseaux noirs aux yeux jaunes, sortes de merles avec une queue allongée en éventail, très communs dans nos îles, sont aussi effrontés que les moineaux d'Europe. Je repense à la bénédiction dont parlait Abou. Être l'ami des animaux, c'est inné ou ça s'apprend?

Enfant, je ramassais des oisillons tombés du nid et les y remettais, si j'y parvenais, ou les ramenais à la maison, où je tentais, souvent en vain, de leur redonner vie dans une boîte en carton. Parfois, ils survivaient et dès qu'ils avaient assez de plumes sur leurs ailes, je leur apprenais à voler au-dessus de mon lit. J'étais convaincue, rêves à l'appui, que j'avais appris moi-même à voler avant d'apprendre à marcher.

Je me rappelle aussi le visage décomposé de mes parents lorsque je me suis pointée un matin avec un pigeon blanc plein de poux sous le bras. Pour mes poussins, je grattais le sol dans la cour pour trouver des fourmis et des vers que je glissais dans leur petit bec, non sans avoir goûté avant une ou deux fourmis

---

4   Quiscales noirs.

noires. Je ne sais vraiment pas ce que je lui trouvais à l'époque, à l'acide formique. Heureusement, je n'ai jamais tenté de faire la même chose avec les fourmis rouges, parce qu'il s'est avéré que j'y suis allergique!

Des années plus tard, j'ai vécu une expérience quasi mystique dans le cimetière central de Vienne, où j'étais allée non pas pour entrer en communion avec la nature, mais avec l'esprit des grands musiciens. J'avais imaginé un parcours fléché touristique entre les tombes des génies de la musique, mais à mon grand désarroi, il n'y avait aucune indication. Impossible de trouver les sépultures de ces illustres artistes. J'admire leurs œuvres, même si je n'ai jamais vraiment réussi à dépasser le stade «moyen-moyen» au piano – et ce, malgré les encouragements de ma professeure, une dame âgée distinguée que j'aimais beaucoup, et qui avait assuré à mes parents que je disposais d'une coordination rare entre la main droite et la main gauche.

Je me suis donc aventurée de plus en plus profondément dans ce gigantesque cimetière, laissant loin derrière les allées entretenues, pour me retrouver dans un coin complètement sauvage, parmi les herbes hautes, entourées de bosquets. C'est là que, loin de tout, du moins c'est l'impression que j'en ai eu, je suis tombée par hasard sur la tombe de Beethoven, et un peu plus loin, sur celle de Schubert. Pas de groupes d'admirateurs et d'admiratrices éperdus, pas de messages enflammés, aucune gerbe de fleurs. Juste des tombes abandonnées au milieu des herbes hautes, dans un coin sauvage. J'ai pensé que Beethoven et Schubert méritaient mieux que ça. Je me suis recueillie sur leurs tombes pendant un long moment.

Je n'avais pas envie de revenir au tumulte des vivants, alors j'ai continué à marcher, vers les bois. C'est à ce moment-là que le miracle a eu lieu. Venu de je ne sais où, un petit moineau s'est tout à coup posé sur mon index gauche. Nous nous sommes regardés, moi, l'adolescente en mal d'amour, et lui (en fait, c'était peut-être elle, je n'en sais rien), l'oiseau humble mais libre de ses choix. J'osais à peine respirer. Je suis restée immobile, à la fois éberluée et extatique, consciente que je vivais une expérience tout à fait exceptionnelle. Le moineau est resté sur mon doigt un bon moment avant de s'envoler. J'ai regardé autour de moi, dans l'espoir de le voir réapparaître. Esprit de Schubert, es-tu là?

Les deux *mozambiques* de tout à l'heure doivent avoir l'estomac plein, car ils ont arrêté de voler et de piailler. On n'entend plus que le souffle du vent et le bavardage incessant des insectes, crapauds et autres volatiles indéterminés, bruit de fond habituel sous les tropiques. Il faudra attendre ce soir pour entendre s'élever le doux chant du *coquí*, symbole portoricain par excellence. Cette petite grenouille, dont les mâles se disputent le territoire et font la sérénade aux femelles – au son de *co-quí co-quí* – dans la nuit, est le porte-bonheur des Portoricains, qui la déclinent de mille façons depuis l'époque précolombienne. Les Taïnos, rois du design, en ont laissé la silhouette stylisée dans des pétroglyphes qu'on trouve au bord des rivières et dans les grottes, près de la mer. Ici, on est tellement attaché à ce minuscule batracien natif de l'île qu'on dit: «Portoricain comme le *coquí*»!

Du coup, ça m'a fait de la peine de savoir que tout le monde n'apprécie pas notre petite mascotte. Le *coquí* a été introduit accidentellement à Hawaii, à une époque où de nombreux Portoricains y ont émigré. Le batracien était probablement caché dans une plante, à moins qu'un rigolo, ou un *Boricua*[5] nostalgique, ne l'ait fait exprès. Les autorités ne savent plus quoi faire pour s'en débarrasser. En plus d'être considéré comme un dangereux envahisseur pour les écosystèmes locaux, le *coquí* a fait chuter la vente de biens immobiliers. Il semblerait que le chant de notre *coquí*, qui pourtant berce les nuits de générations d'enfants portoricains depuis des siècles, dérange les retraités américains candidats à finir leurs jours au soleil, sur une plage de Hawaii.

J'ai aussi de la peine à croire que pendant qu'elle donne des sueurs froides aux autorités hawaiiennes, notre mini-grenouille nationale, avec laquelle j'aimais tant jouer à cache-cache (le *coquí* se dissimule dans les plantes la nuit et se tait dès qu'on s'approche), soit depuis peu en voie de disparition à Porto Rico. Il paraît qu'il en va de même pour les lièvres en Europe. Les lièvres, je ne sais pas depuis quand ils existent, mais le *coquí*, on vient de découvrir qu'il est présent depuis trente millions d'années à Porto Rico, on a pu le dater d'après un fossile. Je ne sais pas comment on en est arrivé là, mais il faut y aller fort, quand même, pour faire disparaître les lièvres et les *coquíes!*

---

5   *Boricua* est une autre façon de nommer les Portoricains. Ce mot est issu de *Borinquen* (anciennement *Borikén*), le nom taïno de l'île, utilisé aujourd'hui encore affectueusement par ses habitants.

Chapitre 17

Est-ce que la colère est une maladie? Je déteste me mettre en colère. C'est comme quand j'attrape la grippe: d'un côté, elle me terrasse, de l'autre, je fais tout pour la chasser. Pour la grippe, j'ai la vitamineC, le bouillon de poulet aux vermicelles, les tisanes et les inhalations de thym et d'eucalyptus. Pour la colère, c'est plus compliqué. D'abord, je commence par me plaindre. Je n'aime pas me plaindre, mais parfois, il faut bien que ça sorte! Et puis, il y a des trucs qui me mettent tellement en rogne que je ne peux pas m'empêcher de le faire savoir. Sauf que ça finit par ressembler à un disque rayé, je me sens encore moins bien après, et en plus, cela ne change rien au problème. La colère, c'est l'antichambre de la haine. Aussi, si je peux l'éviter, je l'évite. Heureusement, il y a l'art, et le rire.

Mon principal problème... En fait, j'en ai deux: qu'on maltraite les personnes et qu'on maltraite la nature. Aujourd'hui, cette maltraitance est une vraie épidémie. Au début, je pensais qu'elle n'existait qu'à Porto Rico, mais je vois que c'est pareil dans le monde entier. Par exemple, quand une catastrophe se produit, comme un ouragan, un tremblement de terre, une inondation, certains parviennent encore à se faire de l'argent dessus, pendant que nous perdons notre maison, notre travail, nos économies.

D'autres en profitent pour malmener plus encore la nature. Pendant que nous avions la tête ailleurs parce que nous n'avions plus de toit et pas assez à manger après l'ouragan, nos autorités vendaient des plages et des îlots à des compagnies privées pour le tourisme, et laissaient construire des résidences de luxe dans un parc protégé de la côte! Et ce n'est qu'un exemple parmi des centaines! Mais bon, je vais arrêter de me plaindre. La colère change la couleur du sang et ce n'est pas bon pour le cœur.

Heureusement, Abou est déjà de retour, je la vois remonter l'allée avec sa canne. Abou reste mon meilleur antidote contre la colère. Encore mieux que les humoristes, le yoga, les gros mots, le kick-boxing ou le cri primal depuis la falaise. Elle n'a rien à faire ou à dire de spécial. Près d'elle, je me sens déjà mieux.

«Je t'ai rapporté du *mofongo*, il est juste comme tu l'aimes, pas trop dur, pas trop d'huile, pas trop d'ail, tu m'en diras des nouvelles!»

Grand-mère a déjà posé une assiette, des couverts, un verre et une serviette sur la table pour moi.

«Ç'a été, chez Janina?

—Oui, elle est en forme et toujours aussi bonne cuisinière, mais elle m'a un peu saoulée avec ses histoires de cœur.

—Comme d'hab?

—Comme d'hab! C'est pourtant pas compliqué, je le lui ai dit mille fois. Il faut suivre son instinct: si une petite voix te dit: "Fuis cet homme", il faut prendre tes jambes à ton cou illico presto! À moins que tu aimes les complications. Mais alors là, il faut assumer et ne pas venir te plaindre après!»

Le *mofongo* est effectivement délicieux. Grand-mère, elle a un cœur gros comme ça, elle adopterait tous les orphelins de la terre si elle le pouvait, mais en amour, elle a toujours préféré les histoires pas compliquées. Exotiques, intenses, oui. Mais les toxiques ou les perverses, elle n'a tout simplement pas la patience.

Elle ne s'en laisse pas conter, pourtant, elle continue à avoir du succès auprès des hommes. Ici, ce n'est pas une question d'âge, les femmes sont toujours séduisantes, même à quatre-vingts ans passés! Vraiment pas comme dans certains pays, en Europe du Nord par exemple, où on applique une date limite aux femmes comme aux briques de lait.

Abou trouverait chouette que je me dégotte un fiancé sur l'île, mais moi, ça ne me dit rien. Les hommes d'ici, je n'arrive pas à leur faire confiance. Il n'y a pas une famille qui n'ait pas des histoires de chéries, de doubles vies et d'enfants hors mariage, quand on ne parle pas carrément de triples ou de quadruples vies. Ça doit remonter à l'époque des conquistadors et de l'esclavage, ils ne se gênaient pas pour sauter sur les belles indigènes ou les jolies Africaines. De ce fait, on a compté beaucoup plus de bâtards que d'enfants légitimes. Avec une telle filiation, il ne faut pas s'étonner que les hommes d'ici ne marchent pas droit!

Peut-être qu'aujourd'hui, ça a changé, mais moi, les histoires de famille qu'on m'a racontées – comme celle d'un arrière-grand-père qui a eu trente enfants, dont quinze avec sa maîtresse, et qui était lui-même le fils illégitime d'un capitaine espagnol (certains affirment même que c'était un général), ou celle du grand-père qui entretenait plusieurs liaisons, dont il a eu au moins trois filles, alors que sa femme n'a pu en avoir qu'une –, même si je les trouve pittoresques, elles me bloquent quand même, je n'ai pas du tout envie d'essayer.

De toute façon, Grand-mère aussi a une préférence pour les hommes qui viennent de loin. Elle en a connu de vraiment intéressants.

«Il s'appelait comment, déjà, Abou, ton amoureux qui voyait l'aura des gens et les lignes de force de l'univers?

—Le musicien? Emiliano, mais tout le monde l'appelait O'Malley, comme dans *Les Aristochats*. J'étais la seule à l'appeler par son vrai prénom, que je trouvais beaucoup plus joli. Emiliano, c'était un grand musicien. En plus, il était vraiment connecté, cet homme. Il nous a malheureusement quittés trop tôt.

—Pourquoi tu l'as pas épousé, lui?

—Emiliano? Ah non, surtout pas! Il avait déjà été marié trois fois! Seconde épouse, passe encore. Mais quatrième? Ah, ça non ! Je ne sais pas pourquoi, mais ça me faisait penser à Barbe-Bleue ! »

Je n'ai pas insisté, mais je crois avoir vu passer comme un éclat de tendresse dans le regard de Grand-mère. Elle a sans doute déjà pardonné à ce Barbe-Bleue.

Chapitre 18

Par ici, il y a un homme dont on parle beaucoup.
Un homme à la fois craint et admiré. Il a même une
statue à son effigie. Elle n'est pas facile à trouver,
parce qu'elle trône dans la lagune, dissimulée
derrière la mangrove. Cet homme était un pirate,
c'est peut-être pour ça que sa statue est cachée. Il
y a peu d'endroits dans le monde où les autorités
ont érigé une statue à la mémoire d'un pirate. C'est
quand-même louche.

Il faut dire que les côtes, surtout celles situées
loin des capitales, constituent souvent un no man's
land dans lequel un grand nombre de personnes se
permettent de faire un peu n'importe quoi, y compris
des trafics de toutes sortes. Dans les Caraïbes, c'est
sûrement l'héritage des anciens pirates, corsaires et
autres flibustiers. Ils ont commencé à pulluler dans
nos îles dès le xvi^{e}siècle.

Grand-mère m'a expliqué la différence entre un
corsaire et un pirate:

«Les pirates étaient des brigands, mais les corsaires
étaient plus raffinés. Ils étaient des voleurs officiels,
estampillés par la cour. Ils bénéficiaient d'une
autorisation signée par le roi ou la reine pour piller les
bateaux des pays ennemis.»

Si ça se trouve, les monarques avaient droit à leur part de butin. D'après Abou, cette hypocrisie persiste.

«Aujourd'hui, les gouvernements n'ont plus besoin des corsaires, ce serait mal vu, mais ils ont les lobbyistes, et le plus souvent, c'est leur propre pays qu'ils pillent.»

Quant aux flibustiers, ils composaient un entre-deux: parfois, ils avaient des autorisations, et pas forcément d'un monarque, parfois pas.

La statue qui se trouve dans notre baie est celle du pirate Roberto Cofresí. Il n'est pas aussi connu que Barbe Noire ou Francis Drake, mais ici, il est célèbre. Son nom est généralement prononcé à voix basse, parce qu'il a beau avoir été capturé et fusillé en 1825, quelque part, il reste craint. Il paraît qu'il a tué plus de quatre cents hommes. Les gens ont peur qu'il surgisse tout à coup d'une des nombreuses grottes qui revendiquent son nom, réchappé de la mort comme quand il semait les bateaux espagnols, britanniques, danois ou français, et qu'il punisse celui ou celle qui malencontreusement s'approcherait de son butin.

Mais il y en a aussi beaucoup sur l'île qui admirent le pirate Cofresí. Ils disent qu'il était une sorte de Robin des Bois qui distribuait ses prises aux pauvres. C'est pour ça qu'il n'était pas facile à attraper, parce qu'il était malin et aussi parce qu'il était protégé par une partie de la population.

«Je ne sais pas si c'est vrai, dit Grand-mère, ceux qui ne sont pas du coin affirment qu'en fait, ce n'est qu'à sa famille et à ses amis qu'il distribuait ses richesses. Mais comme ici, tout le monde se connaît et dit être apparenté au pirate, au final, il a dû faire bénéficier pas mal de monde de ses largesses.»

Grand-mère, elle connaît aussi l'histoire du père du pirate. Ces vieilles histoires, elle ne les oublie pas ! Elle affirme qu'il était un chevalier originaire de Trieste, qui s'appelait Francesco Giuseppe Fortunato, dit Franz, von Kupferschein. Il paraît qu'il avait dû quitter Trieste à toute vitesse, parce qu'il était accusé d'avoir tué un homme au cours d'un duel. On ne connaît pas les raisons du duel, mais le père de Franz a estimé que son fils avait des circonstances atténuantes, et il l'a aidé à s'enfuir à bord du premier bateau qui levait l'ancre. C'est comme ça que Franz est arrivé à Barcelone, où il a entendu les histoires d'aventures et de richesses rapportées des Amériques. Alors, il a tenté sa chance à Porto Rico.

Comme il était un vonKupferschein, il a réussi à épouser une femme issue d'une des familles les plus illustres du coin. C'était en 1784. Mais pour les gens d'ici, qui parlent espagnol, vonKupferschein se révélait vraiment trop difficile à prononcer, alors petit à petit, son nom est devenu «Cofresí». Franz et son épouse portoricaine ont eu une fille et trois fils. Le plus jeune serait le pirate Roberto Cofresí.

«*Cofresí* est un nom parfait pour un pirate! On imagine déjà le *coffre* débordant de pièces d'or! Tout de même, cette histoire de von Kupferschein me rappelle à quel point les Portoricains connaissent mal leur propre identité. On dirait qu'ils ont avalé tout rond l'histoire officielle écrite par les gouvernements espagnol et américain. Et aujourd'hui, ils revendiquent leur sang espagnol, africain et taïno, mais ils oublient tous les autres!

—Tu veux parler des Allemands et des Italiens, Abou?

—Oui, et aussi des Portugais, des Irlandais, des Écossais, des Libanais, des Corses, des Français! Savais-tu que vingt pour cent des noms de famille à Porto Rico sont d'origine française? Un des plus grands écrivains portoricains s'appelle même Laguerre! Ici, on rencontre des personnes qui s'appellent Beaupied, Beauchamp, Dufour, Lafitte, Ledoux ou Maturin, et elles ne savent même pas que c'est français!

—T'as raison, Abou. Je connais une dame qui s'appelle Dubois, mais elle est persuadée qu'elle est d'origine allemande, parce que lors d'un voyage en Europe, on lui a dit qu'elle ressemblait à une Allemande. Je lui ai dit que Dubois était cent pour cent français, mais elle ne m'a pas crue! J'ai aussi un ami qui dit adorer le Brésil sans vraiment savoir pourquoi, et j'ai pensé que ça pouvait être dû à ses origines portugaises. Il s'appelle DaSilva. Il savait même pas que DaSilva, c'était portugais. Mais il a été vraiment content de l'apprendre!

—Ça ne m'étonne pas, il règne une grande méconnaissance. Généralement, ceux qui sont conscients de leur origine viennent d'autres îles: la Corse, les Baléares, les Canaries. Il faut croire que les insulaires oublient moins facilement d'où ils viennent!»

Là aussi, je crois qu'elle a raison, Abou.

«Parfois, je me demande même si ce n'est pas seulement d'où ils viennent, mais surtout pourquoi ils sont venus qu'ils ont envie d'oublier. Les Français, par exemple, c'était pour fuir l'arrivée des Anglais en Louisiane, pendant la guerre de Sept Ans, et plus tard, la vengeance des esclaves durant la révolution en Haïti, toujours *via* la Louisiane. Les autres, Corses, Italiens, Portugais, Irlandais, Écossais, sont arrivés tout au long du XIXe siècle et au début du XXe pour fuir les guerres et les famines épouvantables qui sévissaient en Europe. Mais ils ont déjà oublié! Les Européens ne se souviennent que des histoires où ils ont le beau rôle!»

C'est vrai, dès 1815, le roi d'Espagne a signé une ordonnance qui a permis à tous ces Européens de se réfugier à Porto Rico, où on leur a donné des terres, avec pour condition qu'ils se montrent loyaux envers la couronne espagnole.

«Mais il ne faut pas croire qu'il a fait ça par charité chrétienne, le roi. Non. Il avait peur des indépendantistes portoricains. En attirant un grand nombre d'immigrés européens à Porto Rico, et en leur faisant jurer qu'ils seraient loyaux à l'Espagne, il espérait pouvoir compter sur l'île plus de soutiens que d'indépendantistes. Une pure question de mathématiques, de chiffres.

—Comme les colons chinois au Tibet, Abou?

—Plus ou moins. Sauf que les Chinois, il y en a mille fois plus, et c'est beaucoup plus dur pour les Tibétains.

—Finalement, ce ne sont ni les Espagnols, ni les immigrés, ni les indépendantistes qui ont eu le dernier mot à Porto Rico. Aucun d'eux n'a rien pu faire contre la force de frappe américaine !

— Tu n'as pas tort. Les pirates, je m'en passerais bien. Les indépendantistes, disons qu'il y a les vrais patriotes et les opportunistes. Mais ceux qui pensent que la pire calamité, ce sont les immigrés, devraient peut-être y réfléchir à deux fois. »

Chapitre 19

Je ne crois pas que Grand-mère soit indépendantiste. Bien sûr, elle est pour les droits des peuples à disposer d'eux-mêmes. Mais comme l'île est petite, elle craint qu'elle n'ait pas assez de ressources pour ça. D'autres affirment que le manque de ressources, c'est de la propagande, car à Porto Rico, on trouve du pétrole et des mines. L'île disposerait aussi d'assez de terres cultivables si celles-ci n'avaient pas été recouvertes de ciment et de goudron.

J'ai entendu Abou dire que les personnes qui font des choses bien ici ont généralement un faible pour l'indépendance. Pas le parti indépendantiste et ses politiciens! Ceux-là, comme tous les autres politiciens, ne pensent qu'au pouvoir et à l'argent. D'ailleurs, ici, pratiquement personne ne va voter, quel que soit le parti, la plupart des gens pensent que ça ne sert à rien.

«Au fait, Abou, pourquoi tu ne vas jamais voter, toi qui as fait des études et qui comprends comment les choses fonctionnent? Tu ne penses pas que ton vote pourrait changer la donne?

—Dans les pays où il y a une vraie démocratie, comme en Suisse, pour donner un exemple, voter est utile. Mais pas ici. Ici, on a malheureusement beaucoup trop de corruption, et il n'y en a pas un pour rattraper l'autre!

—Mais alors, on ne peut rien faire?

—Disons que ceux qui attendent quelque chose de l'État ici seront toujours déçus. L'État, il ne pense qu'à lui-même! Mais ça ne veut pas dire qu'on ne puisse rien faire. Je connais des personnes qui font un travail admirable pour améliorer le quotidien des gens, et en même temps, ils parviennent à préserver la nature. Mais ce n'est pas au niveau de l'État que ça se passe, c'est à un niveau très local, dans les communautés. C'est là qu'il y a de l'espoir.»

Un jour, Grand-mère m'a emmenée dans le nord de l'île. Nous avons rencontré un couple incroyable. Lui, il était plongeur. Après un ouragan, il a vu des morceaux d'*Acropora palmata* éparpillés partout au fond de l'eau. La tempête avait décimé les récifs de ce corail en forme de cornes d'élan qui abondait tout près de chez lui. Ça lui a déchiré le cœur. Alors, quand il a entendu parler d'autres plongeurs qui réussissaient à restaurer ces coraux à partir des morceaux, il a décidé de faire la même chose.

Sa femme est enseignante, elle aussi possède un grand cœur. Elle a voulu aider des enfants d'une communauté très marginalisée qui habitaient à côté de la plage. Elle trouvait injuste que ces enfants soient des délinquants en puissance simplement parce que personne ne croyait en eux. Elle, elle pense que tous les enfants sont capables de bien agir si on leur en donne l'opportunité. Alors, elle a créé un centre pour que ces enfants puissent faire des activités en toute sécurité: jouer, faire du sport, cuisiner, jardiner, poser des questions et recevoir des réponses. Elle a tanné le maire pour qu'il les laisse utiliser l'école, qui était fermée depuis longtemps. Ici, on a fermé des centaines d'écoles parce que les politiciens pensent que l'éducation coûte trop cher et qu'elle ne sert pas leur cause.

Son mari, comme il n'arrivait pas à restaurer tous les coraux tout seul, a décidé d'apprendre à ces enfants à les restaurer aussi. Beaucoup d'entre eux, même s'ils habitent près de la plage, ne s'étaient jamais baignés dans la mer! Pour ceux-là, généralement les plus petits, il a fabriqué des bassins sécurisés sur la plage, et pendant qu'ils découvrent la joie de barboter dans l'eau, il leur raconte la mer et ses habitants, les coraux, les poissons, les tortues. Une de ces petites filles m'a dit que la plus belle chose qui lui soit jamais arrivée dans la vie, c'est quand un petit poisson est venu lui toucher les doigts de pied!

Les enfants sont capables de faire beaucoup plus qu'on ne le pense. Grâce au plongeur et à sa femme, dès l'âge de cinq ans, ces gamins qui n'étaient jamais entrés dans l'eau peuvent aujourd'hui nager parmi les coraux avec un masque et un tuba, et aider à rétablir les récifs. Il leur suffit de prendre deux morceaux du corail qui a été cassé, un grand et un petit, de trouver un trou dans la roche, de disposer le gros morceau dedans et de bien le caler avec le plus petit. Le corail, c'est un animal, mais il pousse comme une plante. Il n'a besoin que d'un peu de soleil et de beaucoup de stabilité.

On pourrait réaliser tellement de choses si simples et si belles ici. Au lieu de ça, les politiciens embobinent la population depuis plusieurs décennies avec leurs histoires de statut, d'État libre associé, de cinquante et unième État, d'indépendance. Mais ce sont seulement des excuses pour que rien ne change et qu'ils puissent continuer à piller l'île en toute impunité, pendant que les Portoricains se prennent la tête et bataillent entre eux à cause d'une histoire de statut insoluble. Mais le vrai problème n'est pas le statut de l'île. Le problème ici, comme partout, ce sont les injustices, la mauvaise foi et la cupidité.

Je n'ai pas encore voté ici, c'est compliqué. J'ai de la famille tant sur l'île que sur le continent, et je ne voudrais pas qu'elle se retrouve un jour séparée. Alors je prie, en demandant que les relations entre les Etats-Unis et Porto Rico deviennent plus justes et mutuellement bénéfiques.

La politique me saoule, un peu comme les histoires de cœur de l'amie de Grand-mère qui choisit toujours les pires hommes et qui après, n'arrête pas de se plaindre. Moi, comme Abou, j'ai besoin de liberté. Certains croient qu'être libre veut dire qu'on a le droit de faire n'importe quoi. Mais ce n'est pas ça du tout. Grand-mère dit qu'être libre signifie faire des choses qui viennent du cœur et qui ont du sens.

Être libre ne veut pas non plus dire que l'on se fiche des autres. On peut être très libre et très solidaire à la fois. Grand-mère et moi l'avons constaté lors du dernier ouragan. Certains d'habitude plutôt du genre « ermites dans leur grotte » ont été parmi les premiers à sortir dans la rue pour aider les autres. Par contre, on a vu aussi des personnes très sociables, les premières à vous inviter chez elles pour faire la fête, se montrer complètement égoïstes au moment du désastre, ne pensant qu'à elles-mêmes et à leur petit cercle proche. C'est lors d'une crise qu'on voit ce qu'il y a vraiment dans le cœur des gens.

Se croire indépendant, ce serait ça l'enfermement. Chaque crise nous montre combien nous sommes en fait interdépendants. Et quoi que certains essaient de nous faire croire, il ne pourrait jamais y avoir de délit de solidarité, seulement des délits d'insolidarité.

Chapitre 20

Il existe des choses dont je suis sûre, par exemple du fait que les gens bien soient plus nombreux mais que malheureusement, les gens moins bien crient plus fort et entraînent les autres. Ou de la nécessité impérieuse de protéger l'environnement. Ou du fait que si on ne lui met pas de limites, la révolution numérique aura des effets aussi pervers que la révolution industrielle. Ou encore de l'amour que j'ai pour Abou, et de celui qu'elle a pour moi. Pour le reste, je doute de tout, en permanence.

Parfois, je ne suis même pas sûre du pays dans lequel je suis. Je me réveille au milieu de la nuit, je sors de mon lit, j'ouvre la porte de ma chambre, et pendant quelques instants, j'ai l'impression de me trouver dans un pays que j'ai quitté il y a quelques jours, quelques semaines ou quelques mois. Je ne sais pas si cela arrive aussi à d'autres personnes. Les aborigènes d'Australie disent que l'âme ne voyage pas aussi vite que les avions, qu'il lui faut du temps pour rattraper le corps. Dans mon cas, c'est vrai.

Pourtant, je déteste prendre l'avion, j'ai peur et il paraît que c'est très polluant. Mais pour rejoindre Abou, je n'ai pas le choix. J'aurais voulu ne pas être née à des milliers de kilomètres de ma grand-mère, sur un autre continent. J'ai pensé faire du bateau-stop, sauter sur un voilier et traverser l'Atlantique pour la retrouver, mais cela n'aurait pas été fair-play pour l'équipage: premièrement, j'ai trop facilement le mal de mer; deuxièmement, la bôme qui te fonce dessus à chaque changement de cap, c'est mon cauchemar; et troisièmement, je ne souhaite à personne de goûter à ma cuisine. Je ne vois donc pas à quoi je servirais sur un voilier. À mon grand dam, je crois que je ne suis pas faite pour naviguer, ou alors seulement sur de petites distances et avec des skippers qui s'en fichent si tout ce que tu sais faire, c'est leur raconter des histoires. Il y en a de très gentils qui te laissent même parfois prendre la barre.

Non pas que je n'aie pas essayé d'apprendre la voile, mais c'est trop compliqué, il y a trop de paramètres qui ne veulent pas me rentrer dans la tête. Ma tête à moi a besoin de choses simples. Avant l'accident, je m'étais mise au canoë. C'est beau aussi, le canoë, ça ne dérange personne, ça ne fait pas de bruit, pas comme ces horribles scooters des mers. Ça flotte en douceur, en harmonie avec les vagues, comme si l'on était un lamantin ou un dauphin. Le canoë me donne aussi l'impression d'être un Taïno débarquant pour la première fois sur l'île. Comme j'aurais aimé être un des leurs, si fiers, agiles sur la mer, avant que Christophe Colomb ne vienne semer la pagaille!

«Canoë» est un mot d'origine taïno, comme hamac, barbecue, maïs, ouragan, caïman, papaye ou goyave. Malheureusement, le savoir ne m'aide pas pour traverser l'Atlantique. Je ne réussis même pas à remonter sur mon canoë quand il se retourne: je suis obligée de nager jusqu'à la plage en le tirant d'un bras. J'ai aussi pensé au tonneau, mais je crois que je ne résisterais pas. D'autres suggestions seraient bienvenues, mais surtout pas les gros bateaux de croisière, ça, faut oublier, ce n'est vraiment pas mon truc.

Changer de pays, même quand c'est voulu, peut s'avérer éprouvant. Grand-mère dit qu'elle a connu ce qu'est l'exil quand elle est partie plusieurs années en Inde. Elle a fait le tour du pays, plusieurs fois, mais elle n'arrivait juste pas à trouver un endroit où elle se sente vraiment chez elle. Abou, ce n'était pas le dépaysement et l'illumination qu'elle était allée chercher en Inde. Elle dit qu'elle se moquait bien des sadhus et des crémations sur le Gange. Elle voulait seulement se faire des amis.

Et elle s'en est fait. Les jeunes, ils sont pareils partout. Ses amis indiens jouaient de la guitare, alors elle passait son temps avec eux à chanter des chansons des Beatles. L'un d'eux prenait sa guitare, un autre ses tablas, ces percussions au son si sensuel, et c'était parti. Elle adorait ça, chanter. Sauf quand ses amis entonnaient *Get Back*:

Get back, get back,
Get back to where you once belonged[6].

Cette chanson-là, elle ne l'aimait pas du tout, elle se sentait visée. Après plusieurs années là-bas, le sentiment d'exil a commencé à lui peser. Pourtant, elle adorait l'Inde. Mais apparemment, il ne suffit pas d'aimer un pays pour qu'il vous fasse vous y sentir comme à la maison.

Moi, je ne me sens pas exilée à Porto Rico, parce qu'il y a Grand-mère. Mais je sens la douleur de la

---

6   «Retourne, retourne, / Retourne d'où tu viens» (traduction libre).

séparation, parce que je suis loin des autres. Dans la vie, je sais qu'il faut faire des choix. Mais je ne parviens pas à choisir. Où que je sois, j'ai l'impression d'être coupée en morceaux. Parfois en gros morceaux, parfois en tout petits. C'est peut-être pour ça qu'à une époque j'ai été attirée par le yoga. Yoga veut dire « union » en sanscrit. Ça vient aussi de la même racine indo-européenne que « joug ». Alors j'avoue que je n'ai pas du tout l'intention de devenir hindoue. Aujourd'hui je préfère le stretching.

Certains croient que ne pas avoir de maison, qu'être nomade, quand on n'est pas mongole, lapon ou tzigane, constitue un aveu de faiblesse, d'échec ou de folie. Je ne le pense pas. Le nomadisme serait plutôt une question d'ADN. D'ailleurs, la nature, bien avant les bateaux et les avions, l'avait déjà prévu. Nous sommes tous des nomades génétiques. Rester pépère chez soi, c'est un truc plutôt moderne, à l'échelle de l'humanité. Alors, j'assume. Tout en souhaitant désespérément que l'avion solaire fasse bientôt escale à Porto Rico.

Chapitre 21

«Abou, as-tu une *bucket list*, une liste de choses que tu aimerais faire avant qu'il ne soit trop tard?

—J'ai une longue liste de choses que j'aimerais faire. Mais il n'est jamais trop tard!

—Que voudrais-tu faire en premier?»

Grand-mère s'est approchée de moi. Penchée derrière ma chaise, elle a enveloppé ses bras sveltes autour de mes épaules et m'a serrée très fort, tout en posant sa joue sur ma tête. Elle est restée comme ça un joli moment en silence, puis elle a plaqué un baiser délicat sur mes cheveux.

«Un jour, a-t-elle commencé à raconter, j'ai eu l'occasion de voir jouer mon violoniste préféré. Je ne pensais pas que c'était possible. J'en avais rêvé pendant des années, et puis l'incroyable s'est produit. Je me suis retrouvée à un de ses concerts au Carnegie Hall, à New York, avec ma mère. Ce n'était pas du tout prévu, et nous n'avons pas pu rester jusqu'à la fin, parce que sinon nous aurions manqué le dernier train pour rentrer dans le New Jersey. Nous étions assises au deuxième rang, alors on nous a bien remarquées quand nous nous sommes levées pour quitter la salle de concert! Le rêve s'est terminé un peu en queue de poisson, mais ç'a été quand même une expérience magnifique.

»L'année suivante, ce violoniste est venu à Porto Rico. Chez nous, à Porto Rico, c'était invraisemblable! J'ai bien évidemment acheté un billet. J'avais l'impression d'avoir tiré le gros lot deux fois de suite! Ici, les journaux se sont surtout intéressés à la fiancée portoricaine du violoniste, c'était formidable d'apprendre qu'il avait un tel lien avec notre île! Mais quelqu'un qui le connaît m'a plus tard révélé qu'en fait, il en avait beaucoup, des "fiancées". Et qu'il s'agissait avant tout de ce qu'on appellerait aujourd'hui "un bon coup marketing".

» Pour ce deuxième concert, même si le programme était différent, j'ai éprouvé une impression de déjà-vu. En fait, j'ai presque été déçue. Toutes ces années, j'en avais rêvé, et puis là, c'était déjà devenu quelque chose de normal, de banal. J'ai appris une leçon importante ce jour-là. C'est bien d'avoir une *bucket list*, mais il n'est pas forcément nécessaire de la réaliser. Parfois, c'est même déconseillé. Il vaut mieux garder la liste dans ta tête, pour que tu y aies toujours quelque chose d'inscrit qui te fasse rêver.»

Moi, depuis l'accident, j'ai arrêté de rêver aux choses que je ne peux pas faire. À quoi ça me sert, à part me rendre malheureuse? Je me suis dit que, de toute façon, tout arrive pour une raison. Ou en tout cas, si on cherche bien, on en trouve toujours une. Parfois, on ne comprend pas tout de suite, les réponses viennent plus tard.

Au début, j'étais très agitée, je me débattais intérieurement contre ce que je percevais comme une injustice. Je n'ai jamais demandé autre chose à la vie que des petits sentiers sur lesquels je puisse marcher. Rien d'autre. Je n'ai pas besoin de grand-chose pour être heureuse. Un sentier, de la verdure, du ciel, de l'air. C'est ce qui m'a toujours semblé le minimum essentiel à ma survie, à mon équilibre. Mais tout à coup, elle me refusait même ça, la vie. J'en ai pleuré.

Je ne sais pas pourquoi, cette fois, je n'ai pas osé en parler à Grand-mère. C'est une tourterelle qui, un matin, m'a consolée. Je préparais le petit déjeuner quand j'ai cru voir quelque chose bouger dans l'arbre, celui dont le feuillage effleure la fenêtre de la cuisine. La tourterelle sautillait sur les branches. Elle était beige très clair, presque blanc, avec un fin collier noir autour du cou. Elle s'est arrêtée de sauter, et elle m'a observée. Moi aussi je l'ai observée. Et je me suis rendu compte que je souriais. Comme Abou, les animaux ont le don inné de me guérir de la tristesse.

Cet instant de paix intérieure, je l'ai savouré doucement, profondément. Comme si, grâce au regard vif et bienveillant de la tourterelle, à la douceur beige clair de son plumage, à la connexion à la fois affectueuse et silencieuse qui s'est établie entre elle et moi, au sourire qu'elle a engendré, mes cellules s'étaient illuminées de l'intérieur, m'apportant éclat et chaleur dans le corps et l'esprit. Je me suis sentie presque coupable, tellement c'était simple. J'aurais aimé pouvoir transmettre cette sensation bienfaisante autour de moi. Est-ce qu'on peut transmettre sa paix intérieure à quelqu'un d'autre?

Finalement, j'ai pris conscience que mon accident me facilitait la vie. Assise sur une chaise, sans possibilité de me déplacer très loin, je ne suis plus parasitée par tous les soucis qui m'assaillent d'habitude. Le prochain contrat, la peur de ne pas être à la hauteur, mon aversion pour le marketing et le networking, le manque d'envie d'interagir avec des personnes que je n'aime pas spécialement, perdre du temps à décider si je vais faire de la gym, une promenade ou du canoë le matin, le sens de l'existence, l'avenir. Pour la première fois, j'ai l'impression de ne pas avoir à lutter de toutes mes forces pour vivre. Je n'ai rien d'autre à faire que manger, boire, dormir, tenir la main de Grand-mère, lire, écrire, regarder la mer par le balcon. À mon grand étonnement de nomade incurable, je m'aperçois qu'en fait, j'aime aussi cette vie.

Chapitre 22

«Qu'est-ce qui est "plus" vrai? Les choses qu'on a vécues ou le souvenir qu'on en a? Est-ce que, si on remontait le temps, on les vivrait de la même manière?

—Ça dépend.

—Ça dépend de quoi, Abou? De leur aspect agréable ou désagréable?

—Pas forcément. On peut vivre des moments très désagréables qui, parce qu'ils sont désagréables, se révèlent pleins d'enseignements. Il y a des choses désagréables, évitables et à éviter, bien sûr, comme un viol ou un meurtre. Celles-là, personne n'a envie de les revivre, ou même de les vivre. Mais si tu repenses à toutes les épreuves que tu as traversées, tu en trouveras certainement que tu ne voudrais pas effacer. C'est un peu comme les rides: chacune raconte une partie de toi, de ton parcours, de ta vie. Mais aujourd'hui, tellement de femmes n'en veulent pas, de leurs rides.

—J'ai vu ça dans des magazines, certaines même commencent à utiliser le Botox à trente ans!

—Se sentir vieille à trente ans, c'est quand même un comble! Mais après aussi, effacer ses rides, c'est un peu comme s'effacer soi-même, ne pas avoir été. C'est pareil avec les souvenirs. C'est lorsque l'on essaie de lutter contre les souvenirs douloureux qu'ils font le plus mal, il vaut mieux les laisser remonter. Tu peux apprendre à les accueillir, à les soigner, pour qu'ils soient moins douloureux, même s'ils ne disparaissent pas complètement. Mais tu sais que tu as gagné quand, revenue au même carrefour, tu choisis de prendre un autre chemin.»

Je crois comprendre ce que dit Grand-mère. Il me semble avoir traversé plusieurs de ces carrefours. Parfois aussi, c'est très relatif, les choses désagréables. Ce qui, à un moment de ma vie, m'a paru insupportable, a pris un air moins menaçant quelques années plus tard, et vice versa. Tout dépend des circonstances. Il peut s'agir d'un lieu, d'une personne, d'une situation. Comme cette baie, par exemple. La mer porte tout en elle. Elle peut apporter le bon, le meilleur, le mauvais, le pire. Si tranquille aujourd'hui, déchaînée demain. La mer peut guérir, bercer, nourrir, emporter, noyer.

J'en connais, des plages belles et assassines. La première fois que j'ai vu un mort, je devais avoir six ans, c'était sur une de ces plages, sur la côte atlantique. Un panneau en bois planté dans le sable disait: «Ici sont mortes plus de cent personnes. Voulez-vous être la prochaine?» Je l'ai vu étendu près du panneau. Sa femme et ses enfants le regardaient, impuissants. Il s'était fait prendre par le ressac. N'avait-il pas vu l'avertissement? Aujourd'hui, il n'y a plus de panneau. Cela ne veut pas dire qu'il n'y ait plus de morts, la plage est toujours aussi dangereuse. Mais avant, seuls les gens d'ici venaient; aujourd'hui, ils ont peur qu'un panneau fasse fuir les touristes.

Sur l'île, les dangers principaux, à part la mer, ce sont les crimes liés au trafic de drogue, les ouragans, et tous les cent ans, les tremblements de terre, parfois accompagnés de tsunamis.

«Cette année avec le tremblement de terre, dans notre malchance, nous avons eu de la chance, il n'y a pas eu de tsunami. Quand j'étais enfant, mes grands-parents disaient: "Si tu vois la mer s'éloigner, cours dans la montagne!" Les anciens savaient. Mais on ne les écoute plus, la plupart des gens aujourd'hui pensent que ce qui est ancien ne sert plus à rien.»

Grand-mère vient de se servir une nouvelle tasse de café. Son préféré, celui d'Utuado, dans les collines du nord. Ce n'est pas le plus connu, mais c'est un vieil ami à elle qui le cultive. Son secret tient dans une poignée de sucre de canne roux qu'il lance dans la bassine de fer pendant qu'il fait tourner doucement les grains de café sur le feu.

«Abou, je pensais qu'à Porto Rico, tous les bâtiments devaient être construits selon les normes antisismiques. Pourquoi y a-t-il autant de familles qui ont perdu leur maison?

—Ça, c'est la construction créole. Là, la seule norme, c'est combien tu as dans ta poche pour construire ta maison. Mais cela ne vaut pas qu'à Porto Rico. Des amis de Katmandou m'ont raconté que là-bas, c'est la même chose. Les maisons qui se sont écroulées sont celles qui avaient été construites sans plan, sans architecte, sans ingénieur. On ne peut pas empêcher la nature d'être ce qu'elle est. Mais on pourrait éviter bien des catastrophes si on faisait les choses correctement.

—Tout le monde n'a pas les moyens de faire les choses correctement, Abou.

—Ça, c'est parce que les gouvernements ne font pas leur travail.»

Ici, nous avons vécu des ouragans et des tremblements de terre. Et il est vrai que dans ces moments, tu te demandes parfois où elles sont planquées, les autorités.

Un ouragan, c'est terrible. Mais quelque chose m'a étonnée: l'essentiel n'est pas toujours ce que tu crois. Sauf si tu dépends d'une machine à cause de problèmes de santé, où là elle est vitale, il se peut que tu n'aies même pas envie que l'électricité revienne. Au début, j'appuyais machinalement sur l'interrupteur, j'oubliais qu'il n'y avait plus de lumière. Mais je me suis très vite habituée à vivre au rythme du soleil. Je me levais à cinq heures du matin, je me couchais à huit heures du soir. Il y avait quelque chose d'apaisant dans ce rythme, malgré tous les problèmes que l'on traversait. Avec la lumière naturelle, je souffrais moins des yeux aussi, ils étaient moins secs. J'avais également moins l'impression d'être une pile électrique quand je me mettais au lit. Il faut croire que toutes ces machines allumées autour de moi ne me font pas toujours du bien.

Quand l'électricité a été rétablie, deux mois plus tard, je m'étais si bien habituée que je ne supportais plus la lumière artificielle, elle m'éblouissait, me faisait mal aux yeux. J'étais obligée de l'éteindre et de revenir aux bougies et aux ampoules solaires. Jusque-là, je pensais vraiment que je pourrais continuer à vivre au rythme du soleil. J'ai même cru que l'ouragan nous permettrait de sortir de notre abominable société de consommation. J'espérais que d'autres auraient entendu le message. Mais à mon grand désarroi, je me suis réhabituée à la lumière artificielle. Puis mes yeux l'ont réclamée. J'en ai été très triste. J'ai eu le sentiment d'avoir perdu quelque chose de précieux.

Chapitre 23

J'aime observer les gestes usés, mais encore habiles, de Grand-mère. Quand elle fait passer le café dans sa vieille passoire en tissu, quand elle déplie son journal ou qu'elle tourne le bouton de la radio, qu'elle épluche les bananes vertes, les aplatit d'un coup sec entre les deux petites planches en bois de la *tostonera* et les fait frire, ou encore, quand elle mélange avec une petite cuillère des carrés de fromage blanc avec de la compote de goyave, puis les fait fondre goulûment dans sa bouche.

Abou, elle a ses propres rituels. À présent, elle écrase une à une des cacahouètes sur la table avec sa paume. Elle écarte les morceaux rugueux de la gousse, ramasse délicatement les graines du bout des doigts en chassant la petite sciure fibreuse qui s'y colle, et les déshabille de leur fine peau couleur orange brûlée, avant de les croquer avec un air coupable de petite fille qui aurait pris des bonbons sur la table d'anniversaire avant que ses copines n'arrivent. Mais Abou, elle m'en propose toujours.

«Tiens, tu veux du *maní?*»

Maní est le mot taïno pour cacahouète, un mot toujours utilisé à Porto Rico. Le mot «cacahouète» vient du nahuatl, la langue des Aztèques du Mexique, et signifie «cacao de terre». Parce que l'autre cacao, celui qui pousse dans les arbres et qu'on utilise pour fabriquer du chocolat, vient aussi du Mexique. En Haïti, les cacahouètes, ils les appellent des pistaches. Quand on ne sait pas, ça peut prêter à confusion.

«Abou, tu sais toi ce qu'il y a dans le *maní* qui fait que quand tu en manges un, tu peux plus t'arrêter?

—Je crois que c'est le gras. Il y a beaucoup d'huile dans le *maní,* ça stimule la sécrétion de dopamine dans le cerveau, une des hormones du bonheur.

—Tu crois qu'ils étaient plus heureux que nous, les Taïnos?

—Je ne sais pas s'ils étaient plus heureux, ils avaient certainement leurs problèmes. Ce dont je suis sûre, c'est qu'ils auraient préféré qu'on ne vienne pas les embêter. Mais ils vivent encore en nous, ça, il ne faut jamais l'oublier.

—Tu sais Abou, depuis toute petite, parfois j'ai des rêves étranges de forêt vierge, de vieilles chamanes. J'ai l'impression d'être aspirée dans la canopée comme dans un vortex du temps, et puis tout à coup, le rêve se transforme. Je vois des hommes sur des chevaux avec des épées, des maisons en paille qui brûlent. Des femmes et des enfants qui fuient dans tous les sens. Je ne sais pas d'où ça vient, ces rêves.

—Ça s'est passé exactement comme ça, ici. Les conquistadors attaquaient les villages "indiens" à cheval, avec leurs armures et leurs épées. Tes rêves ne sont pas des rêves, ils sont la mémoire d'un peuple qui vit toujours à travers toi. L'histoire des Antilles, dans les livres, commence toujours à partir de Christophe Colomb. Mais en réalité, elle a commencé bien avant lui. Savais-tu que les premiers peuples indigènes ont débarqué à Porto Rico il y a six mille ans? Ceux qui parlent de nous comme du "Nouveau Monde" me font bien rire! L'histoire de notre île, elle a même commencé avant les pharaons d'Égypte!»

Grand-mère m'explique que les archéologues ont trouvé des traces de plusieurs de ces villages. Les premiers habitants sont arrivés par la côte sud. Sur la côte atlantique, les objets trouvés dans les fouilles datent de quatre mille ans.

«Il y a une plage, près de la ville de ton arrière-arrière-arrière-grand-père. Quand tu te promènes sur le sable, tu marches sur des morceaux de poterie qui viennent d'anciens villages indigènes. Il suffit de te baisser pour les ramasser. Mais il ne faut pas les emporter avec toi, il faut les laisser là où tu les as trouvés, parce que c'est aussi là que notre mémoire vit. Il y a également des pétroglyphes sous le sable. Parfois, quand la mer emporte le sable, ils apparaissent. L'un de ces pétroglyphes représente une tortue. Aujourd'hui, les tortues sont en voie d'extinction, mais pour les peuples autochtones, elles constituaient un aliment important.»

À l'époque, les villages étaient plus éloignés de l'eau, mais la mer a rongé la plage petit à petit, alors maintenant, on croirait qu'ils ont poussé tout au bord. Nos peuples anciens se sont aussi installés pas loin des rivières, dans le centre montagneux de l'île. Ils devaient faire attention, parce que les rivières ici, à cause des pluies tropicales, peuvent être très dangereuses. Aujourd'hui, on voit souvent des enfants qui s'y baignent et qui se trouvent emportés par des crues soudaines et terribles.

Un jour, dans le Yunque[7], cette montagne couverte de forêt vierge, considérée comme sacrée par les

---

7   Prononcer "Younké".

premiers habitants de l'île, j'ai suivi un sentier qui mène à une rivière formant des bassins verts très jolis. J'ai eu un peu peur sur le chemin, parce que j'entendais un son très bizarre au-dessus de moi: *crac, crac, crac*. Quand j'ai levé la tête, j'ai vu que c'étaient des bambous gigantesques, qui penchaient à cause du vent. *Crac, crac, crac*, j'ai cru qu'ils allaient tomber sur moi, alors je me suis déplacée de l'autre côté. Mais les bambous ont changé de direction, *crac, crac, crac*, et se sont à nouveau dirigés vers moi. Chaque fois que je me déplaçais, les bambous menaçants me suivaient avec cet horrible *crac, crac, crac*. On aurait dit qu'ils m'attaquaient.

C'était la première fois que je prenais ce sentier et je ne savais pas si la rivière était encore loin, mais j'avais déjà marché pas mal de temps, alors je n'ai pas voulu faire demi-tour. J'ai foncé vers le bas du sentier en hurlant, tellement j'avais peur! Heureusement, la rivière était proche, et une famille s'y baignait. J'étais sauvée! Mais je me suis promis que plus jamais je ne me baladerais seule dans la forêt vierge, même sur un sentier balisé.

L'eau couleur émeraude était magnifique, mais je n'étais pas venue pour me baigner, alors je me suis assise sur un rocher plat au bord de l'eau, et j'ai observé les enfants qui grimpaient sur la rive opposée, s'accrochaient à une corde attachée à une branche d'arbre, et sautaient dans la rivière. Heureusement, certaines choses dans la forêt vierge n'ont pas changé depuis plus de mille ans. Les conquistadors n'ont pas réussi à tout détruire.

Tout à coup, un des enfants a poussé un cri perçant. Immédiatement, toute la famille est sortie de l'eau. Par réflexe, moi aussi j'ai quitté mon rocher et je me suis réfugiée loin du bord. Je pensais que c'était la crue qui arrivait. Je n'ai jamais vu une crue en vrai, mais j'ai visionné des images terribles sur Internet: des trombes d'eau brunâtre qui déferlent de la montagne à toute allure et transforment un paisible ruisseau en champ de bataille. Dans une de ces vidéos, on voyait même des personnes se faire emporter, c'était insoutenable.

Mais l'enfant n'avait pas crié à cause de la crue. Ce qui les avait fait bondir, lui et sa famille, comme un ressort, était un serpent. Je me suis approchée, la mère a pointé du doigt le milieu de la rivière. Un petit serpent jaune ondulait dans l'eau. Je ne connais pas les serpents de l'île, mais je m'en méfie. On n'est jamais trop prudent avec ce reptile.

L'eau de la rivière était claire, j'ai cru qu'une fois le serpent parti, nous étions tranquilles. J'avais lu que l'eau se trouble avant une crue. J'ai dit à la dame, comme si je m'y connaissais: «L'eau est claire, c'est bon signe.» Elle m'a répondu: «Regarde ces feuilles dans l'eau, la crue va débouler dans un instant.» J'ai compris alors qu'il faut faire attention avec ce qu'on lit sur Internet, et que n'en savoir qu'un petit peu peut s'avérer aussi dangereux qu'être complètement ignorant. Les images de la vidéo ont quand même bondi devant mes yeux. Je nous voyais déjà tous emportés par les flots déchaînés. Affolée, j'ai pris mes jambes à mon cou.

En remontant le sentier à toute vitesse, j'avais déjà oublié la rivière émeraude, la corde, les enfants, les parents, le serpent, les bambous. Je ne pensais qu'à une chose: la crue allait nous emporter. Sur le chemin, j'ai croisé un jeune couple qui descendait vers le cours d'eau. Avec leurs T-shirts et leurs tongs, ils n'avaient pas l'air conscients du danger. Je ne pouvais presque pas parler, j'ai bégayé: «La crue a-arrive! La-la crue a-arrive!» Je ne voulais pas qu'il leur arrive du mal. Et s'ils ignoraient tout des crues? Avaient-ils vu les images sur Internet? «La crue? Allons voir ça!» Et ils ont continué à descendre le long du sentier. Mes avertissements se sont étranglés dans ma gorge. J'ai regardé, impuissante, le jeune couple disparaître derrière les arbres. Je ne saurai jamais si c'est eux qui étaient complètement inconscients, ou moi qui ai trop dramatisé.

«Tiens, tu veux du *mani?*»

Grand-mère a déjà oublié qu'elle vient de m'en donner.

Chapitre 24

J'ai cette manie, je le sais, de vouloir m'occuper des autres. Je n'y peux rien, c'est plus fort que moi. J'ai l'impression de ne servir à rien, autrement. Est-ce, comme le perfectionnisme, une manière de me donner le droit d'exister? C'est bien de prendre soin des autres. Mais les autres, ont-ils vraiment besoin de moi? N'est-ce pas plutôt moi qui ai besoin d'eux?

Je me suis éloignée des autres quand j'étais petite pour me protéger, mais maintenant, mes cellules, qui ont besoin de liens, vont vers les autres. Et comme elles ont appris à se méfier des gens dits «normaux», ceux qui sont capables de t'écraser dès la maternelle, elles se dirigent plutôt, je crois, vers ceux qui ne vont pas m'enfoncer, ceux qui sont plus vulnérables, comme les personnes âgées, les enfants ou les victimes d'ouragans.

Être immobilisée à cause de ce foutu accident m'est difficile. Pas seulement parce que je ne peux pas aller marcher dans les sentiers au bord de la mer ou à la montagne, mais aussi parce que je ne peux plus prendre soin des autres. Je me sens coupable de devoir rester à la maison et de m'occuper de moi.

«Pour pouvoir aider les autres, il faut d'abord être bien soi-même.»

Abou, elle me répète toujours ça. Avant, je ne voyais pas ce qu'elle voulait dire, maintenant, je comprends mieux. C'est la première fois que je me sens invalide. J'ai eu d'autres accidents avant, mais ils ne m'ont pas empêchée de me déplacer. Les jambes, c'est différent. Elles soutiennent le corps. Quand tes jambes sont blessées, c'est tout ton corps qui se trouve soudain immobilisé, fragile, menacé.

J'ai passé ma vie à m'échapper. Voyager. Me déplacer. M'éloigner. Fuir pour me protéger. Là, je ne peux plus fuir. Je suis obligée de rester là et de faire face. Obligée de lutter pour défendre qui je suis, de l'intérieur. C'est angoissant. Un de ces carrefours qu'il faut traverser différemment. C'est possible. C'est palpitant.

«Est-ce que je t'ai raconté que quand j'étais jeune, je voulais être médecin?»

Grand-mère s'est levée pour rincer sa tasse. Elle la sèche bien avec un torchon, avant de la ranger dans le placard. La vaisselle mal séchée attire les fourmis et les cafards. Abou possède une belle collection de tasses du monde entier. D'Autriche, d'Angleterre, d'Inde, des Philippines, d'Égypte, du Yémen, de Syrie, du Kenya, d'Afrique du Sud, du Chili, de Bolivie, du Pérou. Elle a rapporté certaines de ses voyages, d'autres lui ont été offertes par ses amis et sa famille pour ajouter à sa collection.

«Oui, Abou, je crois que tu m'as dit que tu voulais être médecin, mais que, même si tu étais une excellente élève à l'école, tu as finalement renoncé, parce que tu ne te sentais pas capable de disséquer des cadavres.

—C'est vrai. Mais est-ce que je t'ai dit pourquoi j'ai voulu être médecin?

—Non. Pourquoi, Abou?

—C'était en Inde, dans l'Orissa, en tout cas, ça s'appelait comme ça à l'époque. Maintenant, les nationalistes hindous ont changé tous les noms. Orissa, Bombay, Calcutta, Madras, Bénarès. On disait comme ça à l'époque. Ça ne dérangeait personne. Les nationalistes sont forts pour monter tout le monde contre des choses qui avant, ne dérangeaient personne.

—Qu'est-ce qui s'est passé dans l'Orissa?»

Abou raconte:

«J'étais allée visiter des temples magnifiques. Quelle ne fut pas ma surprise d'y trouver des sculptures érotiques! Je ne savais pas qu'il y en avait dans l'Orissa. À l'époque, on ne parlait que de celles, plus connues, de Khajurāho. J'étais encore émerveillée par les sculptures délicates du temple du Soleil quand je suis allée prendre le bus pour rentrer à Bhubaneshwar, la capitale de l'Orissa. Je me souviens bien de Bhubaneshwar, la ville m'a frappée avec ses larges boulevards déserts, le rouge de sa terre et le vert de ses arbres. J'attendais mon bus quand soudain, il s'est passé quelque chose de terrible.

» J'ai entendu un grand fracas, j'ai tourné la tête, et j'ai vu un homme qui s'était littéralement envolé dans les airs. Il venait d'être percuté par un bus. Il a fait un grand arc de cercle, puis il s'est écrasé au sol. La foule s'est élancée vers lui. En Inde, à part dans les montagnes et dans le désert, il y a toujours la foule. Des personnes ont attrapé cet homme à terre par les bras et par les jambes pour l'emmener hors de la place. J'ai eu si mal pour lui.

»Je me suis souvenue de la fois où j'avais été renversée par une voiture. J'avais aussi volé dans les airs et j'avais eu l'impression de retomber au ralenti.

Quelques personnes s'étaient approchées de moi. Une dame avait filé chez elle pour appeler une ambulance. Les ambulanciers étaient arrivés très vite. Ils avaient placé quelque chose sous ma nuque, et m'avaient tenu la tête et le corps fermement avant de m'allonger sur un brancard. L'ambulance m'avait conduite à l'hôpital. Heureusement, je n'avais eu qu'une commotion cérébrale légère.

» En Orissa, ils n'ont pas appelé d'ambulance. Peut-être qu'ils n'avaient pas de téléphone à proximité, ou qu'il n'y avait pas d'ambulance. Je ne sais pas où ils ont emmené l'homme accidenté. Peut-être lui ont-ils sauvé la vie. Peut-être qu'en le soulevant par les bras et les jambes, ils lui ont fait encore plus de mal. Peut-être qu'il est mort. Je n'en sais rien, mais ce jour-là, je me suis sentie terriblement impuissante et j'ai voulu être médecin. Si j'avais été médecin, j'aurais pu faire quelque chose pour cet homme que j'ai vu traverser les airs après avoir été percuté par un bus. J'ai malheureusement dû renoncer à mon désir d'étudier la médecine, parce qu'effectivement, jamais je n'aurais eu le courage de disséquer des cadavres.»

Elle n'est pas devenue médecin, Abou, mais apparemment, l'envie de prendre soin des autres est aussi dans la famille, comme les voyages. Grand-mère, elle a beaucoup voyagé. Elle a parfois fui, et elle a beaucoup donné, aussi. Peut-être pour compenser ses fuites.

Chapitre 25

«Abou, à défaut d'étudier la médecine, tu aurais pu rencontrer un charmant *French doctor* au cours d'un de tes voyages?

—Mais non, voyons, ça, ce sont des clichés! En plus, les *French doctors* sur le terrain, je ne suis pas sûre que ce soit ma tasse de café. À mon avis, il doit y avoir beaucoup de tentations! Et puis ces hommes-là, ils aiment généralement des femmes fortes et résistantes, comme eux. Moi, j'ai beaucoup de volonté, mais très peu de résistance! Non, j'ai toujours préféré les poètes. Pour le meilleur, et parfois, hélàs, pour le pire.

—C'est quoi, le pire?

—À part vivre constamment au bord du précipice? Les poètes que j'ai connus étaient toujours sans le sou! Pour moi, cela n'a pas été un cliché. Avec eux, j'avais intérêt à bien assurer mes arrières, et si possible, éviter de faire ménage commun. Ces poètes, ainsi que quelques autres artistes, espéraient que ce soit moi qui fasse bouillir la marmite. Malheureusement pour eux, les mécènes, ça ne court plus les rues. Mais si c'est auprès de moi qu'ils cherchaient la sécurité financière, c'était raté, j'ai toujours été aussi fauchée qu'eux!

—Comment vous vous en sortiez, alors?

—Généralement, c'est là que ça explosait. Quand les soucis financiers nous mettaient tellement sous pression que nous finissions par ne même plus comprendre pourquoi nous étions ensemble!

— Et moi qui pensais que vivre avec un artiste devait être palpitant ! Une vie à créer, à imaginer, à inventer ! Abou, est-ce que je t'ai dit que, quand j'étais une pré-ado, je fantasmais que j'étais avec John Lennon quand il a écrit Imagine ! Mais bon, ça c'était avant que je comprenne l'anglais... Quand je pense que nous avons été si nombreux à chanter pour un monde sans Cieux, en croyant que c'était ça la paix ! Pfff, un hymne au nihilisme, ouais !

— Je crois que Lennon n'aurait pas écrit cette chanson si tu avais été à ses côtés ! D'ailleurs les artistes ont besoin de solitude pour créer. Mais c'est vrai qu'ils ont aussi besoin de muses. Je crois en savoir quelque chose, j'ai été la muse de plusieurs d'entre eux.

—Abou, ça, tu ne me l'as jamais raconté!»

Grand-mère fait sa petite tête coquine. Ses joues deviennent toutes roses.

«C'est parce qu'il n'y a rien à raconter. Il n'y a aucune gloire à être la muse d'un artiste. Au début, c'est flatteur, mais après, cela semble plutôt une croix à porter. Les artistes, en privé, sont très différents! Mais peut-être que je dis ça seulement parce que je n'ai pas eu de chance, et que je ne suis tombée que sur des poètes maudits!»

Pauvre Abou! Je crois que j'aime mieux ma vision romantique de la vie d'artiste. La bohème, la liberté. L'imaginaire n'est-il pas plus propice à la créativité que la réalité? Je crois que c'est l'idée que l'on se fait des choses qui pousse à créer, plutôt que les choses elles-mêmes. N'est-ce pas plutôt le souvenir qu'on a des moments, des lieux et des gens qui les rend si émouvants ?

Abou a de nouveau l'air perdue dans ses pensées. Je me demande en quelle année elle est, dans quel pays. Dehors, la couleur de la baie a encore changé, du turquoise, elle est passée au violet. Le ciel semble s'être assombri d'un ton pour mieux s'accorder à la mer. Il fait toujours chaud, mais une légère brise s'est levée. Elle s'infiltre par les lattes des fenêtres Miami, à travers les moustiquaires, apportant un courant d'air frais bienvenu dans le salon et la salle à manger.

Ça n'a rien à voir avec les artistes, mais moi aussi, comme Grand-mère, parfois, je n'aime pas toujours l'histoire des êtres humains. L'exploitation éhontée des gens et de la nature, la haine institutionnalisée, les génocides, le sadisme, le racisme, les extrémismes, tous ces -ismes dont les humains ont le perfide secret. Parce que la malfaisance est définitivement un attribut de l'espèce humaine. La loi de la jungle est dure, mais les animaux tuent seulement pour manger, et juste ce dont ils ont besoin. Ils ne se montrent pas intentionnellement cruels, ni sadiques, ni cupides. Même si je préfère ne pas me trouver à la place de la proie.

C'était au Kenya, aux abords du lac Nakuru, celui dont Karen Blixen a immortalisé les flamants roses. Une lionne tentait de s'approcher du buffle. Un magnifique buffle noir, probablement un vieux mâle, encore imposant. Le buffle repoussait la lionne à coups de cornes, il paraissait avoir le dessus. Mais une autre lionne est arrivée, puis une autre, et encore une autre. Bientôt, elles étaient six. Le buffle se battait de toutes ses forces contre toutes ces lionnes à la fois. Mais les lionnes sont patientes. Elles se sont contentées d'encercler le bovidé, en esquivant ses coups.

Petit à petit, les contre-attaques du buffle se sont faites moins énergiques, le cercle autour de lui s'est peu à peu resserré. La nuit était sur le point de tomber. Je n'aurais pas su dire combien de temps s'était écoulé. Mais en une fraction de seconde, j'ai senti que tout allait basculer. Après s'être défendu avec courage, le buffle a eu un tressaillement, presque imperceptible, suivi d'un grand soupir. D'un coup, il s'est laissé tomber sur l'herbe. Il avait renoncé. Il avait arrêté de se battre. Il avait compris qu'il n'y avait plus rien à faire.

Il faisait noir à présent. Le cœur rétréci après ce que nous venions de voir, nous avons dû rentrer. Le lendemain, nous sommes repassés par la même piste. Là où le vieux buffle noir avait capitulé, il ne restait plus qu'une carcasse d'où jaillirent deux lionceaux, ensanglantés et repus. Oui, la loi de la jungle est dure. Mais elle n'est pas intentionnellement cruelle, ni sadique, ni cupide.

Alors, quand tout cela a-t-il commencé? La perversion, le sadisme, la cruauté, la cupidité, l'exploitation? Où s'est produite la mutation qui a fait de nous des barbares? Qui l'a cautionnée en premier? Le magnifique livre *Le Cri de l'espoir* me vient en mémoire. La primatologue et infatigable défenseure de l'environnement Jane Goodall y raconte avoir été témoin d'une guerre lancée par un groupe de chimpanzés contre le groupe qu'elle étudiait et aimait. Est-ce un début de réponse? Ne sommes-nous que des singes mal léchés?

Chapitre 26

De l'autre côté de la baie se trouve l'ancienne île d'Hispaniola. Aujourd'hui, elle est coupée en deux: à l'est, la République dominicaine, à l'ouest, Haïti. On ne la voit pas depuis ici, elle est trop loin. À mi-chemin entre notre baie et les côtes de la République dominicaine, il y a une petite île, l'île de Mona. On ne la voit pas non plus. C'est une réserve naturelle, nos Galápagos à nous. Aujourd'hui, y aller est devenu compliqué, il faut un permis spécial, les visites sur l'île sont limitées et les bateaux qui font la traversée sont rares.

Avant, il suffisait de demander à un pêcheur de nous y emmener. Bien sûr, il fallait tout prendre avec soi, de l'eau, de la nourriture, des tentes, des hamacs, car il n'y avait rien de tout cela sur l'île. Mon oncle, celui qui pêchait, aimait s'y rendre, parce qu'il pouvait aussi y chasser. Sur la Mona, il y a des chèvres et on a le droit de les chasser (sinon elles seraient trop nombreuses).

Un jour, j'ai pu accompagner mon oncle sur cette île, avec ma tante et ma cousine. Bien sûr, j'ai laissé les chèvres tranquilles; la chasse, comme la pêche, je ne pourrais pas, je laisse ça à mon oncle. Moi, ce qui m'intéressait, c'étaient les iguanes géants, des iguanes qui n'existent qu'à la Mona et qui ont la mauvaise habitude de vous observer sans vergogne quand vous vous accroupissez pour une affaire privée dans le petit champ prévu à cet effet. À l'époque, je ne me rendais pas compte que c'était moi l'intruse, et que ce que je faisais n'était pas bon pour l'environnement.

Nous n'avons pas pris le bateau de mon oncle pour traverser le canal de la Mona. L'accostage sur l'île est très périlleux, seule une poignée de pêcheurs se révélaient capables de le réaliser. C'est un de ces pêcheurs qui nous a emmenés sur son vieux bateau.

Je me souviens de l'excitation et de l'émerveillement quand nous avons croisé une baleine à bosse au milieu du canal! Nous avons d'abord vu le jet impressionnant provoqué par le souffle de l'animal, puis nous l'avons vu émerger, sa tête allongée, son corps majestueux, sa queue puissante. Les tours organisés pour observer les baleines dans le canal n'existaient pas encore. Croiser une baleine constituait un de ces cadeaux que la vie vous faisait, alors que vous n'aviez rien demandé.

Animal totem surgissant au milieu des flots, signe de bon augure, gardiennes de la mer, les baleines à bosse quittent en automne les côtes froides de l'Islande, où elles se sont repues de plancton, pour venir passer l'hiver sous les tropiques, où les mâles appelleront les femelles de leur chant plaintif et mélodieux, et les femelles mettront bas, leur réserve de graisse étant suffisante pour passer l'hiver tropical et allaiter leurs petits sans avoir besoin de chercher de nourriture.

Malheureusement, il n'y a pas que des baleines dans le canal de La Mona. Encore une fois, la mer m'a rappelé qu'elle porte en elle la vie, mais aussi la mort. Nous n'avions rien remarqué. L'œil exercé du vieux pêcheur sur son vieux bateau, si. Notre embarcation a brusquement changé de cap pour se diriger vers un minuscule point brunâtre, qui, vu de près, s'est avéré être la coque d'une petite chaloupe. Sur notre bateau, tout le monde a compris immédiatement ce que cela signifiait, sauf moi. Je n'étais qu'une adolescente, et ne connaissais pas la mer, ni le canal de la Mona.

Combien de personnes avaient quitté l'île d'Hispaniola, entassées sur cette petite chaloupe? Dix? Vingt? Nous ne le saurions jamais. Seule cette petite embarcation retournée, au milieu de nulle part, attestait de leur existence, de leur espoir anéanti d'une vie meilleure sur l'île voisine, de leur mort tragique dans les eaux mortifères du canal.

C'était bien avant que l'on ne commence à compter les morts dans la Méditerranée, bien avant que le mot «migrant» ne nous donne la migraine, et n'apporte du combustible à la haine et aux votes extrémistes, bien avant que les gouvernements et les politiciens d'Europe ne se torchent du devoir d'assistance en mer, du droit d'asile, du bon sens, de la simple humanité.

À présent, je regarde la baie tranquille, et je ne comprends toujours pas pourquoi, alors que nous disposons d'assez d'exemples et de recul pour ne pas pouvoir dire «nous ne savions pas», des populations entières continuent de se laisser manipuler de la sorte par une poignée de politiciens malveillants qui, par appât du gain, pour garder le pouvoir ou pour dissimuler leur incompétence, les persuadent que l'indésirable, l'ennemi à éradiquer, ce sont les migrants, les Juifs, les Noirs, les Tutsis, les Hutus, les intellectuels, les bourgeois, les pauvres, les homosexuels, les musulmans, les mécréants, les indigènes, nos voisins, nos frères, nos sœurs. Je regarde cette baie tranquille, et je ne comprends pas pourquoi.

Cela changerait-il quelque chose si l'école, au lieu de continuer à ne donner de l'importance qu'aux mathématiques, aux sciences, à la littérature, aux langues, à l'histoire, à la géographie, aux résultats, à la compétition, si l'école, donc, enseignait, depuis la maternelle et tout au long de la vie, d'autres matières tout aussi importantes, sinon plus, telles que le respect des plus vulnérables, la gestion des émotions – surtout de la colère (antichambre de la haine) –, la tolérance, le partage, le sens de la justice, la désobéissance civile, l'altruisme, l'empathie, la solidarité?

Je n'ai jamais eu de problèmes à l'école, à part avec quelques harceleurs, en culotte courte ou longue. Je crois même avoir été une bonne élève. Mais aujourd'hui, si je devais choisir, j'enverrais tous les enfants à l'école des baleines, des vieux pêcheurs qui virent de bord pour prêter assistance en mer, des iguanes qui vous matent sans concession quand vous déféquez sur leur territoire, et des chaloupes chavirées qui vous retournent le cœur.

Chapitre 27

Abou est sortie de sa rêverie. Je la vois se diriger vers le balcon. À présent, elle parle à ses plantes médicinales. Ici, on ne dit pas plantes «aromatiques», parce que les gens savent qu'elles sont bien plus que ça. Grand-mère parle tous les jours à son basilic, à sa *malagueta*, excellente pour les piqûres de moustique ou les contusions, à sa «langue de vache», qui chasse les mauvais esprits, à sa *Juana la Blanca*, bonne pour les reins, à son origan sorcier – ici, on dit «sorcier» pour les plantes sauvages –, à son romarin. Je ne sais pas ce qu'elle leur dit, mais je sais que ses plantes l'entendent, la comprennent.

Ses fleurs aussi. Abou avait un rosier, elle l'avait trouvé dans un centre commercial. Dans ce centre se tient parfois un marché aux légumes et aux plantes. Généralement, ce type de stands (que l'on nomme ici des *placitas*, des «petites places»), on les trouve au bord des routes. Il peut s'agir d'un marchand qui vend des produits de la région, ou d'un agriculteur qui vient vendre ses ananas, ses oranges, ses papayes, ses fruits de l'arbre à pain, ou ses plantes médicinales.

Grand-mère, d'habitude, elle n'achète pas de fleurs dans les centres commerciaux. Mais les roses, ce n'est pas comme les hibiscus ou les bougainvillées, ce ne sont pas des fleurs tropicales, il est rare d'en voir à Porto Rico. Elle n'a pas pu résister. Elle m'a dit que nous lui manquions, et qu'en voyant les roses, elle s'était sentie plus près de nous. Abou a acheté le rosier de la *placita* du centre commercial et l'a installé sur son balcon, avec ses autres plantes. Malgré la chaleur torride du sud-ouest de l'île, il lui a donné plusieurs belles roses, et chacune lui a fait penser à nous.

Malheureusement, lors d'un de ses voyages, le voisin qui veille généralement sur ses plantes et qui s'y connaît parce qu'il a son propre potager, n'était pas là, hospitalisé après une opération du cœur. Alors Grand-mère a dû demander à une autre voisine de s'en occuper. Mais cette voisine n'avait pas de plantes, elle ne savait pas en prendre soin comme il faut. Quand Grand-mère est revenue, son rosier était tout desséché. Abou était très triste. Elle s'est résignée et était sur le point d'enterrer son rosier quand elle a remarqué qu'une branche paraissait un peu moins mal en point que les autres. Alors elle a taillé le rosier, et n'a gardé que cette branche. Elle l'a nettoyée avec un petit morceau d'ouate et un peu de savon, a déposé du compost dans le pot, et lui a parlé comme elle a l'habitude de le faire, peut-être plus doucement et plus longtemps.

Le lendemain, elle a remarqué une petite excroissance sur la branche. Celle-ci s'est très vite allongée et est devenue une nouvelle branche, avec des feuilles. Puis un bourgeon est apparu, qui est devenu une belle rose, quoiqu'un peu plus petite que celles d'avant. Puis il y a eu une deuxième rose. Après ça, le rosier s'est éteint définitivement. Il savait que c'était la fin, mais il avait voulu remercier Grand-mère de s'être occupée de lui.

Depuis que sa mémoire la trahit, Abou passe de plus en plus de temps sur son balcon, à prendre soin de ses plantes et à leur parler. Elle conserve aussi les graines, les pépins, les noyaux des fruits qu'elle trouve particulièrement savoureux. Elle les fait tremper dans de l'eau oxygénée, au cas où ils porteraient des maladies, puis elle les laisse sécher au soleil, avant de les planter dans un de ces petits pots en terre qu'elle a toujours, parce qu'elle les collectionne et les entasse pêle-mêle à côté de son origan.

«Utilise toujours des pots en terre, aime répéter Grand-mère, les plantes ont besoin de se raccrocher à la terre, même sur un balcon. Le plastique, ce n'est pas bon, ça donne des petits arbres tout rabougris.»

Grand-mère, elle ne fait pas pousser ces arbres fruitiers sur son balcon pour les garder, mais pour les donner à ses voisins et ses voisines, à ses amis, à tous ceux et celles qui disposent d'un petit bout de terre où ces petits arbres pourront pousser et donner un jour de beaux fruits.

«Il ne faut pas laisser les ouragans nous enlever ce que nous avons de bon», elle dit, Abou.

Grand-mère, les petits arbres sur le balcon, c'est sa manière à elle de faire de la résistance dans une île où on a trop longtemps fait croire aux gens que la campagne, c'était pour les *jíbaros*, les paysans, les pauvres, les ringards. Une île où, régulièrement, les ouragans détruisent le travail patient de plusieurs années, quand ce ne sont pas les autorités qui bradent les meilleures terres et leur patrimoine naturel en échange d'un petit quelque chose sous la table.

Quelques jeunes ont aussi compris. Ils sont retournés dans les anciennes fermes de leurs parents pour faire pousser des plantes, comme Abou, sans faire de mal. Ils ne croient plus aux histoires qu'on leur a racontées. Le progrès, le progrès, le progrès. Eux, ils préfèrent la vie. La malfaisance est un attribut de l'espèce humaine, mais je continue de penser qu'il y a plus de bonnes personnes sur terre que de salauds.

Chapitre 28

Il est dix-huit heures, l'heure des perruches. Je n'ai pas besoin de montre, ni de réveil. Tous les matins, à six heures précises, et tous les soirs à dix-huit heures tapantes, leur piaillement strident s'élève pour annoncer l'heure du petit déjeuner et du dîner. La perruche, on l'appelle *cotorra* en espagnol, qui veut dire aussi «bavarde». À Porto Rico, j'ai compris pourquoi. Ça piaille dur, un groupe de *cotorras*. Va savoir ce qu'elles se racontent!

Les *cotorras* volent toujours en bande. Abou et moi, on ne se lasse jamais de les regarder. Elles se déplacent d'un arbre dans le jardin à un autre arbre de l'autre côté d'un champ, en formant une jolie nuée vert clair harmonieuse et gaie, qui brille sous les rayons orangés du soleil levant et du soleil couchant. Le soir, on distingue encore mieux le mouvement de leurs ailes dans le contre-jour.

La *cotorra* portoricaine, on la reconnaît parce qu'en plus de son beau plumage vert, elle a une petite tache rouge au-dessus du bec. Il n'en reste plus beaucoup. Celles qui volent tous les jours devant notre balcon n'ont pas de tache rouge. Il paraît qu'elles viennent de la République dominicaine. Moi, je les aime pareil.

Lors du dernier ouragan, Abou et moi étions descendues pour constater les dégâts. Seulement deux heures après le passage de l'ouragan, des voisins avaient déjà pu dégager la rue devant chez nous, elle était coupée par un gros arbre. Dégager les routes, c'est la première chose à faire après un ouragan, pour que les secours puissent venir, et pour pouvoir aller secourir d'autres personnes. Après avoir constaté que tous les voisins allaient bien, nous n'avons pas pu nous empêcher de penser aux perruches. Avaient-elles pu s'enfuir à temps?

Beaucoup d'arbres étaient tombés. À côté de l'un d'eux, nous avons trouvé un oiseau. Il avait perdu sa couleur, et n'était plus qu'une silhouette blanc sale. Mais à la forme du bec, il n'y avait pas de doute: c'était une perruche. Abou et moi avons senti notre cœur se serrer. Nous avons pensé que nous n'entendrions plus jamais nos *cotorras* piailler. Voyant l'état dans lequel l'ouragan avait laissé l'oiseau, nos arbres, nos jardins, les maisons qui nous entouraient, nous sommes rentrées à la maison avec une tristesse indicible.

Le lendemain matin, nous avons été surprises d'entendre un petit cri timide. Un cri faible et plein de douleur. Au bout de quelques instants, un autre cri de douleur a répondu, puis un autre. Ainsi donc, quelques *cotorras* avaient survécu! Mais on devinait quelque chose de profondément poignant dans leur complainte. Comme nous, comme tous les habitants de l'île à ce moment-là, elles tentaient d'obtenir des nouvelles les unes des autres, tout en lançant au monde des appels au secours désespérés. Après cela, les *cotorras* sont restées silencieuses. Elles n'ont plus volé devant notre balcon. Nous ne savions pas ce qu'elles étaient devenues.

Un an plus tard, alors que nous nous étions résignées, Abou et moi avons reçu une surprise. À six heures pile. Nous nous sommes d'abord dit que ce n'était pas possible. Puis nous nous sommes précipitées sur le balcon. Elles étaient là. Non pas la nuée de centaines de *cotorras* qui avaient l'habitude de nous réveiller. Seulement un petit groupe d'une dizaine de perruches. Mais quel boucan elles faisaient! Abou et moi nous sommes élancées dans les bras l'une de l'autre. Nous avons ri, nous avons pleuré.

Cela fait trois ans maintenant. Dans quelle île cette poignée de survivantes était-elle allée panser ses plaies, personne ne le sait. Mais maintenant, les *cotorras* sont à nouveau là, matin et soir, à la même heure. Il y en a un peu plus, pas beaucoup, hélas, chaque année. Leurs piaillements et leur plumage vert qui brille sous les rayons du soleil sont chaque jour un témoignage à la fois de la résilience et de la fragilité de notre environnement et des animaux qui l'habitent; de combien chacune des espèces, même les plus communes, celles que nous voyons tous les jours, celles auxquelles parfois nous ne faisons même plus attention, sont précieuses et irremplaçables.

De retour dans l'arbre qui s'élève au-dessus de la clôture, près du portail arrière de la résidence, les *cotorras* se sont tues. À la place, c'est le chant du *coquí* qui s'élève autour de nous dans la nuit. Sous nos latitudes, elle tombe d'un seul coup, la nuit. Avant l'accident, quand je me baladais seule sur la plage le soir, combien de fois je l'ai oublié!

Je n'ai pas l'assurance d'Abou dans ces moments-là. Quand enfin les moustiques arrêtaient de me piquer au travers de mes vêtements longs, je me faisais surprendre par l'obscurité et devais hâter le pas, craignant qu'un chien errant ne me poursuive dans le noir pour venir goûter à mes chevilles, ou que je pose le pied sur une méduse. Derrière l'ombre des palmiers, j'imaginais des trafiquants attendant l'arrivée d'une cargaison, ou un ivrogne qui n'aurait rien de mieux à faire que de fracasser sa bouteille sur ma tête. Je finissais ma promenade en courant. Abou, elle adore les bains de minuit dans la baie. Moi, rien que l'idée me fait frissonner d'horreur.

Grand-mère se balance doucement sur sa chaise à bascule. Quand elle n'est pas en train de faire la conversation à ses plantes, c'est son endroit préféré sur le balcon. À cette heure, elle s'amuse à observer les étoiles, comme quand elle était enfant. Les étoiles, n'est-ce pas ce qu'il y a de plus intemporel?

«C'est incroyable de penser que de l'autre côté de l'Atlantique, on voit la même chose qu'ici. La Grande Ourse, la Petite Ourse, Orion, la Voie lactée. Sais-tu que quand tu es en Europe, je regarde les étoiles parce qu'elles me permettent de me sentir plus près de toi?

—C'est drôle Abou, en voyage, moi aussi, en regardant le ciel, la nuit, je me suis toujours sentie plus près de la maison.

—Peut-être que notre maison à tous, finalement, ce n'est pas la Terre, c'est le ciel!»

Abou a éclaté de rire. Un rire espiègle et cristallin qui fait écho au mélodieux chant du *coquí*.

Pourquoi pas? Si ça se trouve, Abou, moi, les voisins, les *cotorras,* les *coquíes,* les Européens, les Américains, les Africains, les Asiatiques, les Océaniens, nous sommes tous des astronautes ou des extraterrestres qui s'ignorent.

Chapitre 29

Pendant que le *sancocho*, une sorte de pot-au-feu créole dans lequel on ajoute de l'igname, de la patate douce, de la banane verte, du maïs et de la citrouille, finit de mijoter sur la cuisinière, Abou a troqué la chaise à bascule contre son fauteuil en rotin dans le salon. Elle n'est pas friande de télévision, mais pour rien au monde elle ne raterait son émission musicale préférée. Elle n'est pas dupe de ces concours de chant où les gagnants sont déjà connus à l'avance, mais ça l'émeut d'écouter tous ces jeunes qui, pour la plupart, sont très talentueux.

«Moi aussi j'ai participé à un concours quand j'étais petite, a-t-elle commencé. Ce n'était pas un concours de chant, mais un concours de dessin, organisé par les propriétaires du *colmado*, l'épicerie du village. Il fallait représenter la plage. Alors nous, les enfants, nous avons tous pris du papier, des crayons, et nous nous sommes assis sur le sable pour dessiner. J'aimais beaucoup ça, alors je me suis vraiment appliquée. J'ai d'abord tracé le pourtour des vagues, puis l'écume sur le sable, des petits crabes, des frégates planant dans le ciel. J'ai même dessiné un des jeunes hommes du village, qui plongeait depuis le rocher, du côté où la plage finit et où commence la mer déchaînée.

» Nos dessins ont été exposés sur les murs du *colmado*. Tous les habitants du village sont venus les regarder. J'ai entendu un monsieur discuter avec son voisin, faisant des compliments sur un des dessins: "Regarde celui-ci comme il est bien fait, il a même dessiné les détails des muscles!" C'était de mon plongeur qu'il parlait. Je n'ai rien gagné, mais ce commentaire dans la foule a été comme un prix, même si ce n'était pas un "il" qui l'avait fait, c'était moi! Après, j'ai su que le gagnant était le neveu du propriétaire du *colmado*. Si tu veux savoir, son dessin était vraiment nul.»

À la télévision, ils viennent d'éliminer une candidate très douée.

«J'y crois pas, Abou, c'était la meilleure! Ils ont du persil dans les oreilles ou quoi?

—Mais non, qu'est-ce que tu crois! C'est justement parce qu'elle est douée qu'ils l'ont éliminée. Ils ne voudraient surtout pas qu'elle fasse de l'ombre à un de leurs poulains officiels!»

Grand-mère regrette que ces concours soient toujours organisés par «les marchands du temple», comme elle dit. «Au moins à l'époque, les marchands du temple, ils restaient au temple. Maintenant, ils sont partout!»

Comme toujours, le *sancocho* d'Abou est délicieux. J'aurais bien voulu hériter du talent de Grand-mère pour cuisiner. Moi, à part deux ou trois recettes de gâteaux – je fais plutôt bien le cheese-cake au potimarron–, c'est un désastre. C'est pour ça que j'invite rarement du monde à déjeuner ou à dîner. Pas seulement parce que j'ai besoin de calme pour me ressourcer.

Avec cet accident, je sais que je vais devoir passer pas mal de temps au calme. Je ne sais pas encore si c'est bien ou pas, pour moi. Pour l'instant, la bonne chose est que je peux me reposer. Je crois que j'en avais besoin. Ces dernières années ont été de vraies montagnes russes. Professionnellement, émotionnellement. Pas seulement du fait des catastrophes qui ont frappé l'île. Des déboires sentimentaux, plusieurs déménagements, des coups de poing dans le dos, des problèmes financiers, des ennuis de santé, l'incertitude. Comme Abou, j'ai l'habitude des problèmes. Je crois même que nous sommes devenues spécialistes en résolution de problèmes. Elle et moi, nous puisons une force insoupçonnée dans l'adversité. Mais parfois, trop, c'est trop.

Peut-être que c'est à cause de ça, l'accident. Il paraît que rien n'arrive par hasard. Quand l'esprit ne veut pas lâcher, c'est le corps qui lâche. Et vlan! Toi, tu ne bouges plus! Quand on ne bouge plus, il y a moins de chances qu'il nous arrive une tuile. Ce n'est pas métaphysique, c'est statistique.

Mais cela porte un coup à l'estime de soi, les accidents. Quand je pense que j'ai passé du temps à la peaufiner, l'estime de moi. Il a fallu que je la cherche loin et longtemps, parce que les fées, je crois qu'elles n'en avaient plus quand elles se sont penchées sur mon berceau. Il ne devait pas leur rester grand-chose ce jour-là, alors elles ont fait comme elles ont pu, elles ont saupoudré une grosse dose de détermination sur le couffin. Ça peut être utile, à défaut d'autre chose.

Les accidents, c'est la régression assurée. Retour à la case départ, celle d'avant les premiers pas. Au début, j'ai même eu peur de perdre l'usage du langage, et de devoir tout réapprendre. Recommencer à apprendre plusieurs langues. *Ma-Me-Mi-Mo-Mu. Do-Did-Done.*

Catch-caught-caught. Sew-Sewed-Sewn. Ba-Pa-Ma-Fa. Da-Ta-Na-La. Aaargh! Du coup, je prenais des notes en pagaille, au cas où. Heureusement, je n'ai pas oublié le langage. Mais après un accident, tu te sens comme une enfant et une petite vieille à la fois. En fait, c'est à la fois une régression dans la prime enfance et un grand bond en avant dans ton troisième âge. Je ne veux même pas imaginer ce que c'est d'avoir un accident quand on est déjà vieux.

«Abou, qu'est-ce que tu fais, toi, pour éviter les chutes? Il paraît que c'est très dangereux à ton âge. J'ai lu que les chutes sont une des premières causes de mortalité chez les personnes âgées.

—Je travaille l'équilibre. Comment m'asseoir et me relever, entrer et sortir de la voiture. Je fais aussi quelques pas de danse, quand personne ne regarde.

—Tu danses toujours, Abou? Oh, montre-moi!»

J'ai dû insister. Abou, dans sa jeunesse, était une vraie reine de la piste de danse, ses amis la surnommaient «Dancing Queen». Ça fait des années que je ne l'avais pas vue danser.

Mais ce soir, elle s'est levée et elle a fait quelques pas de bachata. Elle n'a même pas perdu le petit déhanché, Abou.

Chapitre 30

Je n'aime pas la nuit. Ou plutôt, je la redoute. Avant, l'endormissement, c'était mon moment préféré. Cet instant magique où, alors que ma tête s'enfonçait doucement dans l'oreiller, tous mes problèmes disparaissaient comme par enchantement. Maintenant, j'ai peur de m'endormir. Je sais que je ne vais pas vraiment me reposer, que je vais me réveiller plusieurs fois. Que je vais sans doute faire des cauchemars.

Je regarde tourner le ventilateur du plafond dans la pénombre et je me demande s'il ne va pas y avoir un tremblement de terre et si le ventilateur ne va pas tomber pile sur ma tête. Alors je me déplace dans le lit. Je me couche dans l'autre sens.

Pourtant, combien de nuits ai-je passées dans ma vie sous un ventilateur, ici, en Asie, ou en Afrique, sans me poser de questions, en savourant simplement la petite fraîcheur, en observant le mouvement circulaire monotone des pales, en me réjouissant qu'elles tiennent éloignés les moustiques, premier rempart avant la moustiquaire.

Que m'est-il arrivé? À quel moment et pourquoi la peur s'est-elle infiltrée dans ma vie? Qu'est devenue mon insouciance, que je n'ai même pas vue s'éloigner? Est-ce qu'Abou vit la même chose? Est-ce que, comme moi, elle ne fait même plus confiance au ventilateur?

Pendant la journée, je ne ressens rien de tout ça. Mais la nuit, c'est comme si cette baie tranquille se transformait soudain en un repaire de pirates, une forêt vierge menaçante, un cataclysme imminent, un tsunami qui engloutit tout sur son passage. Je n'ai qu'une envie, que la nuit s'écoule au plus vite et que la journée revienne, et avec elle, le piaillement des *cotorras*, le chant du *turpial*, l'horizon bleuté, la mer turquoise, la présence apaisante de Grand-mère.

Je croyais que ces peurs disparaissaient avec l'enfance. Pour moi, elles sont apparues avec l'âge adulte. En fait, j'ai l'impression d'avoir tout fait dans le sens contraire. J'ai été une petite vieille pleine de philosophie et de certitudes dans mon enfance, une femme mûre et responsable durant mon adolescence, une mère poule à l'âge où d'autres passent leur temps à danser et séduire, une révoltée aux abords de la trentaine, et je vis les terreurs nocturnes des petits enfants, pleines de monstres et de fantômes, alors que je devrais avoir trouvé la sérénité. Vais-je bientôt commencer à sucer mon pouce?

À quoi m'ont servi tous les livres, tous les voyages, toutes les langues, toutes les études, toutes les expériences, toutes les rencontres, tous les échecs, tous les accomplissements, si c'est pour en arriver là?

Est-ce que notre vie, comme un électrocardiogramme, s'accorde aux pulsations et aux soubresauts du monde, de l'histoire, et je suis simplement née à un mauvais moment, juste avant que ne prenne l'envie au monde d'amorcer une lente dégringolade? De passer du vivre-ensemble au chacun pour soi, aux «étrangers, dehors», à «la Terre, on s'en fout de la Terre, les stations orbitales sont déjà prêtes pour accueillir les milliardaires»? Tout cela surgit-il précisément la nuit, moment propice au dévoilement des inconscients?

À présent, j'évite de lire les nouvelles, elles me donnent trop l'impression que nous nous sommes éloignés des Lumières pour revenir à l'âge des ténèbres. Ou alors, je les lis seulement quand le titre semble annoncer un improbable retour au bon sens. En tant que petite-fille de journaliste, je devrais peut-être faire un effort. Mais je ne supporte pas les conflits de bas étage des politiciens en mal de premier rôle, ou qu'on se fasse, en pensant bien faire, le haut-parleur des provocations de quelques dictateurs en devenir et autres refoulés du surmoi et de la toute-puissance infantile, en oubliant que ces gens-là, quand ils ne reçoivent pas leur dose d'admiration, c'est à la colère des autres qu'ils carburent. Plus cette colère est grande, que ce soit celle de leurs admirateurs ou celle de leurs ennemis, plus ils deviennent puissants.

Abou, je ne sais pas comment elle fait. J'imagine qu'elle doit aussi souffrir à l'intérieur, mais elle ne le montre pas. Elle a passé sa vie à les suivre aux quatre coins du monde, les soubresauts de l'histoire. Est-ce qu'on n'en revient jamais vacciné? Peut-être un peu. Comme elle dit: «On a vu pire.» Peut-être aussi que l'oubli de l'immédiat, finalement, est salvateur. Si, comme Abou, je vivais dans ma tête à l'âge où l'on regarde le ciel en comptant les étoiles de la Grande Ourse, peut-être n'aurais-je pas aussi peur de la nuit.

J'essaie de me concentrer sur la voix du *coquí* qui chante juste sous ma fenêtre. J'ai six ans, je suis sur la terrasse et j'écarte les feuilles de la grande plante grasse en pot, une des préférées d'Abou. Le *coquí* se tait, je fais semblant de m'éloigner. Il recommence son chant à deux notes. *Co-quí! Co-quí!* Je tourne lentement autour de la plante, retiens ma respiration et enfonce ma tête entre les feuilles. J'aperçois enfin les yeux globuleux de la petite grenouille. Elle se tient immobile, respirant à peine. J'observe avec excitation et une infinie tendresse son minuscule corps vert foncé, sa petite tête et ses gros yeux. «Je ne te veux aucun mal», comment dit-on cela en *coquí?* Dans ma tête, je prononce les deux seules syllabes que je connaisse dans sa langue: «*Co-quí! Co-quí!*»

Cela fait trente millions d'années qu'il est là. Certains s'en fichent. Mais Abou et moi, nous nous sommes juré de faire tout ce qui est en notre pouvoir pour que, la nuit, il puisse continuer à remplir la baie de son doux co-qui. En espérant que d'autres fassent de même.

Recroquevillée sous mon drap, je crois soudain percevoir une subtile odeur d'encens au bord de mes narines, et me sens peu à peu enveloppée d'une douceur et d'une paix inconnues jusqu'ici. Je n'en suis pas sûre, mais il me semble que mes dernières pensées, avant de me laisser aller à un profond sommeil, étaient quelque chose comme : laisser chanter un coquí, c'est aussi faire taire les voix du sadisme, de la cruauté, de la haine, de l'exploitation, de la cupidité, de la destruction. C'est la vie. C'est l'amour. C'est l'espérance.

Merci

Lester Colón, Ana Mayo, Nydia Patricia Rivera Martinez, Nancy Zerbi et mes parents, pour avoir chacune et chacun quelque chose d'Abou.

Louise Weber, pour la lecture et la correction minutieuse, ainsi que la mise en pages du manuscrit.

Verónica Díez Arias, pour la mise en page et le graphisme.

Lester «Carilyn» Colón, pour croire en moi depuis le premier jour.

Nydia Enid Ramirez Rivera, «mémoire» de la famille.

Marie-Antoinette Dunant, pour ton soutien inestimable.

Margarita Salvat («Chirin»), où que tu te trouves, pour avoir mis entre mes mains de préadolescente un carnet aux pages blanches, en me chuchotant ces mots, que je ne comprendrais que bien plus tard: «Un jour, tu écriras.»

Nedinia Waiba, ma fille, pour son talent et l'illustration de couverture.

Le Dr Marino Delmi, chirurgien-réparateur de pieds et de chevilles.

Piotr Goszczynski et le Dr Felix Neumayer, qui ont aussi soigné ma jambe de leurs mains et de leurs mots.

Les Diaconesses et toute l'équipe de Saint-Loup, qui accueillent avec amour les corps, les âmes et les esprits qui recherchent Sa paix et Sa guérison.

De la même auteure

Genève, l'esprit solidaire (Slatkine, 2017)
Karaya perdió su caparazón (Sea Grant, 2019)

La première édition de ce livre fut réalisée
à Porto Rico,
par une mer calme et un ciel de la couleur du Sahara.

Cette seconde édition a été finalisée à Saint-Loup,
en Suisse, un lieu rempli de la présence du Seigneur,
où j'ai pu retrouver la faculté de marcher
après une longue rééducation
et une restauration en profondeur
de mon âme et de mon esprit.